Ein irischer Buchladen zum Verlieben

Liv O‘Malley

Impressum:
Liv O'Malley
c/o Block Services
Stuttgarter Str. 106
70736 Fellbach

ISBN-13: 9798386532475

Covergestaltung: LOM
unter Verwendung von Stockfotos/Canva Pro

Lektorat:
Bea Raben

Korrektorat:
Ada Walden

ÜBER DIE AUTORIN

Liv O'Malley schreibt romantische Liebesromane mit Herz und Happyend. Ihre Bücher spielen alle in wunderschönen Landschaften und laden ihre Leserinnen und Leser ein, sich für ein paar Stunden in eine heile Welt zu träumen. In eine Welt, in der es für jeden ein Happyend gibt und einen keine Dramen plötzlich überfallen. Es sind Geschichten, wie das Leben sein sollte, und die die Leser:innen mit einem Lächeln und guter Laune in ihren Alltag entlassen.

Kitschig? Auf jeden Fall! Süß? Wie Zucker! Lustig? Immer!

Liv schreibt Bücher, die sie selbst gerne liest. Ihre Bücher sind wie eine warme Umarmung und absolut zum Wohlfühlen!

Bisher erhältlich:

Blaubeertörtchen & Strandkorbküsse

ISBN-13: 9798854982375

Liebesglück im kleinen Cottage am Meer

ISBN-13: 9798399907000

Herzklopfen in den Highlands

ISBN-13: 9798387947476

KAPITEL 1

TOM

Ich sitze an meinem Schreibtisch und starre auf die Papiere vor mir. Zwei der erfolgreichsten Autoren, die ich veröffentliche, sind zur Konkurrenz gewechselt. Das ist ein herber Schlag für mich und mein Verlagshaus. Ich weiß langsam nicht mehr, was ich tun soll.

Seufzend genehmige ich mir einen Whiskey - auch wenn ich normalerweise um diese Uhrzeit nie trinke - und lege meine Stirn in die Hände. Dieser Tag war schon schlimm genug, aber jetzt das … es fühlt sich an, als würde alles auseinanderfallen.

Plötzlich höre ich laute Stimmen von draußen und springe auf. Was zum Teufel ist los? Ich laufe zum Fenster und sehe unten auf der Straße eine Menschenmenge versammelt. Die Leute schreien etwas und gestikulieren wild mit den Armen - aber ich kann nicht verstehen, was sie sagen.

Ich renne zur Tür und reiße sie auf. „Was ist passiert?"

Meine Mitarbeiter blicken mich an, als wäre ich verrückt geworden. „Tom! Unser Buch ‚Lovers on the Lam' hat gerade den Pulitzer-Preis gewonnen!"

Mir wird fast schwindelig vor Aufregung! Das ist ja fantastisch. Was das für Möglichkeiten für meinen Verlag bedeutet! Die Autoren werden sich um uns reißen! Während mein Gehirn noch im Freudentaumel ist, nehme ich plötzlich ein penetrantes Klingeln wahr. Beginnender Tinnitus?

Das Klingeln wird lauter und lauter und übertönt die Begeisterung meiner Angestellten.

Ich schrecke hoch. Das Telefon! Verdammt, ich bin mal wieder im Büro über den Papieren eingeschlafen! Wie so oft in letzter Zeit, weil ich die Zahlen wieder und wieder prüfen muss.

Während ich zum Hörer greife, räuspere ich mich und setze mich auf. Ein Blick auf die Uhr zeigt mir, dass es schon 3 Uhr morgens ist. Eine gewagte Zeit für einen Anruf.

„Mr. Artisan?", ertönt eine raue Stimme am anderen Ende der Leitung. „Ich bin William Johnson, Anwalt aus Dublin von der Kanzlei Johnson und

Johnson.“

„Ja, was kann ich für Sie tun?“, frage ich etwas verwirrt. Ich habe absolut keine Ahnung, was er von mir will.

„Nun“, sagt Mr. Johnson langsam, „es ist so. Ich muss Ihnen leider mitteilen, dass Ihr Großonkel Arthur O’Brien gestorben ist.“

Ich schweige.

„Mein Beileid“, fährt der Anwalt fort. „Wir haben Ihren Großonkel vertreten.“

„Wir hatten nicht viel Kontakt“, sage ich schroffer als beabsichtig. Der Anwalt kann nichts dafür, dass Arthur mein wunder Punkt ist. „Danke, dass Sie mir Bescheid gegeben haben. Wenn das alles ist? Es ist sehr spät hier in Boston.“

„Es tut mir leid, Mr. Artisan. Ich hatte damit gerechnet, einen Anrufbeantworter zu besprechen, aber wenn ich Sie schon persönlich am Telefon habe.“ Mr. Johnson räuspert sich vernehmlich. „Nun ja … also … Arthur war ein sehr reicher Mann und in seinem letzten Willen hat er alles Ihnen hinterlassen.“

Ich starre den Hörer an, als hätte er gerade gesagt, dass die Erde flach ist. Dann schüttele ich den Kopf. „Das ist unmöglich! Mein Onkel war immer pleite!“, sage ich laut. Das war jedenfalls der Grund, der mir damals gesagt worden war.

Aber Mr. Johnson lässt sich nicht beirren. „Tja nun, Mr. Artisan … das kann ich so nicht bestätigen. Er hat Ihnen zwei Millionen Euro, ein renovierungsbedürftiges Herrenhaus plus die Buchhandlung Fairytale Books in der Nähe von Galway vermacht."

Mein erster spontaner Gedanke ist, das Erbe auszuschlagen, da Arthur mich als Kind nach dem Tod meiner Eltern nicht bei sich aufgenommen hat, obwohl er mein einziger lebender Verwandter war. Auch wenn ich die finanzielle Unterstützung der Erbschaft gerade jetzt gut gebrauchen könnte, ist es für mich schwer akzeptabel, etwas anzunehmen von jemandem, der mich zuvor so abgelehnt hat. Ich habe das Gefühl, dass ein Teil meiner Vergangenheit meine Entscheidung beeinflussen und mir vorschreiben will, was ich tun soll. So sehr ich mich auch danach sehne, das Geld für etwas Gutes zu verwenden, vermag ich doch nicht so einfach über den Schmerz hinwegzusehen, den mir mein Onkel Arthur bereitet hat.

Aber ich kann es mir einfach nicht leisten, die Erbschaft auszuschlagen. „Das kommt etwas überraschend. Was brauchen Sie von mir, damit ich das Erbe annehmen kann?"

Mr. Johnson räuspert sich erneut. „Es gibt eine Bedingung, die Sie erfüllen müssen."

Ich knirsche mit den Zähnen. „Was für eine Bedingung?"

„Sie müssen für vier Wochen in der Buchhandlung aushelfen."

„Wieso denn das?", frage ich irritiert.

„Dazu kann ich nichts sagen. Das hat Ihr Onkel

uns nicht mitgeteilt.“

„Okay, wie lange habe ich Zeit, es mir zu überlegen?“

Der Anwalt zögert eine Sekunde. „Sie müssten nächsten Montag in Primrose Cove sein und Ihren Dienst in der Buchhandlung antreten.“

„Wieso die Eile?“ Ich runzele die Stirn. „Das ist schon in vier Tagen.“

„Ja, tut mir leid, Mr. Artisan. Ich bin nur der Überbringer der Botschaft. Die Bedingung lautet, dass Sie Montag dort sein und die nächsten 30 Tage dort verbringen müssen, sonst verfällt Ihr Anspruch.“

Mr. Johnson ist es hörbar unangenehm, mir diese Nachricht zu überbringen, und ich muss schmunzeln. Kein Wunder, dass er um diese Uhrzeit anruft und gehofft hatte, dass er seine Informationen nur dem Anrufbeantworter mitteilen müsste. „Also gut. Ich denke bis morgen früh darüber nach. Wer wird überprüfen, ob ich die Bedingungen eingehalten habe?“

„Wir haben den örtlichen Kollegen damit betraut. Michael Murphy wird Ihnen alles Weitere mitteilen, wenn Sie in Primrose Cove eintreffen. Sie können während Ihres Aufenthalts entweder über der Buchhandlung oder in der kleinen Pension nebenan wohnen. Das Herrenhaus ist leider momentan unbewohnbar.“

„Danke, Mr. Johnson, ich melde mich, wenn ich eine Entscheidung getroffen habe“, sage ich, bevor ich mich verabschiede und nachdenklich auflege.

Mein Blick schweift durch mein Büro. Es befindet sich im zehnten Stock eines imposanten Wolkenkratzers. Artom Publishing, mein Verlag, ist erst vor sechs Jahren hierher umgezogen. Vorher waren wir in einem Randbezirk von Boston. Von außen wirkt das Gebäude beeindruckend und vom Dach aus kann man den Blick über die Skyline bis hinab zum Hafen schweifen lassen. Ich habe hart daran gearbeitet, diesen Verlag zu einem der Besten im ganzen Land zu machen. Und ich dachte bis vor ein paar Monaten, es würde immer weiter aufwärtsgehen. Bis mein schärfster Konkurrent meine beiden Top-Autoren und Zugpferde abgeworben hat. Und nicht nur das, heute Morgen hat mir mein Anwalt auch noch die Klage der beiden auf den Tisch gelegt. Sie wollen sich ernsthaft aus den Verträgen rausklagen. Ich habe immer gedacht, wir wären nicht nur Geschäftspartner, sondern auch Freunde, aber offensichtlich sehen die beiden das anders.

Ich schließe für einen Moment die Augen und atme tief durch. Mein Augenlid beginnt zu zucken. Ein Zeichen von Überanstrengung und Stress. Ich öffne die Augen wieder und sehe mich weiter um. Mein Büro ist hell erleuchtet, modern eingerichtet und geräumig. Das war mir wichtig, als ich die neuen Geschäftsräume ausgesucht habe. Mein altes Büro war auch schick, hatte aber eher die Ausmaße eines Schuhkartons gehabt. Die Wände hier sind in sanften Weiß- und Grautönen gehalten, an den Fenstern hängen elegante Vorhänge mit grafischem Muster. Mein großer Schreibtisch aus Nussbaumholz, den ich mir nach meinem ersten Geschäftsjahr mit zwei Bestsellern gekauft hatte, steht mitten im Raum, flankiert von drei Ledersesseln rund um einen Beistelltisch. Unter der antiken Schreibtischlampe liegen Aktenordner und Manuskripte sowie Quartalsberichte und einige Schreiben der Bank. Der Tisch ist nie leer, aber momentan versinkt er fast unter all den Papieren.

Am Ende des Raums gibt es einen weiteren Sitzbereich mit bequemen Polstersesseln neben einem kleinen Kaffeetischchen. Dort empfange ich meistens meine neuen Autorinnen und Autoren, weil man von da einen faszinierenden Ausblick hat.

Ich stehe auf, gehe zum Fenster und lehne meine Stirn an das kalte Glas. In der dunklen Nacht erstrahlt die Skyline von Boston in blinkendem Glanz und auf den Flüssen reflektieren die Lichter der Stadt. Mein Büro bietet nicht nur eine tolle Aussicht, sondern vermittelt gleichzeitig Geborgenheit und Ruhe – so wie ich es immer haben wollte. Aber dieses Gefühl geht mir gerade durch den ganzen Stress verloren. Der Verlag steckt in einer Krise, daran gibt es nichts zu rütteln. Aber ich habe schon viele Krisen überstanden und ich werde auch diese meistern.

Seufzend gehe ich zurück an meinem Schreibtisch und wälze erneut die Zahlen, die mich sowieso nicht schlafen lassen werden.

***

Der nächste Morgen findet mich mit dunklen Rändern unter den Augen und ohne eine Lösung für mein

Problem. Zum Glück bringt Betty mir einen frischen Kaffee, als sie um neun, wie aus dem Ei gepellt, mein Büro betritt.

Dankbar trinke ich einen Schluck und weiche ihrem fragenden Blick aus. Sie kennt mich einfach zu gut. Wir arbeiten schon so lange zusammen. Betty war im ersten Verlagshaus, in dem ich nach der Uni angestellt war, die Sekretärin eines Abteilungsleiters, der sie und ihre Fähigkeiten nicht zu schätzen wusste. Sie hatte immer ein nettes Wort für jeden und war ein absolutes Ass in Organisation, und als ich schließlich meinen eigenen Verlag gründete, habe ich sie sofort abgeworben und zu meiner persönlichen Assistentin gemacht. Ich sehe zu ihr auf. Ihr dunkler Bob ist von grauen Strähnen durchzogen, was ihr wirklich gut steht und was ich ihr auch sage.

„Lenk nicht ab, Tom", sagt sie ruhig. „Mir musst du nichts vormachen, ich sehe, dass dich etwas beschäftigt."

„Ich weiß einfach nicht, was ich tun soll, Betty", gebe ich zu und raufe mir frustriert die Haare. „Mein Onkel ist gestorben und hat mir zwei Millionen Euro, eine Bruchbude und eine Buchhandlung in Irland vermacht – unter der Bedingung, dass ich für vier Wochen dort arbeiten muss! Ausgerechnet jetzt."

„Aber Tom", erwidert Betty beschwichtigend und fängt an, die Unterlagen auf dem Tisch zu sortieren. „Das ist doch kein Problem! Ich kann hier die Stellung halten. Es stehen die nächsten sechs Wochen keine Termine an, für die du persönlich hier sein müsstest. Du musst dir keine Sorgen machen."

„Ich weiß", antworte ich seufzend. „Es ist nur … ich habe das Gefühl, ich lasse alle im Stich, wenn ich mich jetzt nach Irland absetze! Was, wenn ich plötzlich eine wichtige Entscheidung treffen muss?"

„In Irland gibt es auch Internet und Telefon, habe ich gehört." Betty schüttelt lächelnd den Kopf. „Du machst dir zu viele Gedanken, Tom. Und mit den zwei Millionen schaffst du dir ein gutes Polster für die nächste Zeit."

Sie hat recht, natürlich. Aber trotzdem: Der Gedanke, meinen Verlag in dieser schweren Zeit für einen Monat alleine zu lassen, macht mich unruhig. Ich beschließe, ihr erstmal alles zu erzählen, was ich weiß, was nicht besonders viel ist.

„Die Buchhandlung Fairytale Books und ein verfallenes Herrenhaus in Primrose Cove?" Betty lacht herzhaft. „Das klingt doch schon wie der Beginn eines wundervollen Romans."

Ich stimme in ihr Lachen mit ein. „Jetzt, wo du es sagst. Wahrscheinlich gibt es den schrulligen Buchhändler, einen Geist und die exzentrischen Dorfbewohner noch gratis dazu."

„Wahrscheinlich. Aber vielleicht kommst du dort auch ein bisschen zur Ruhe. Die letzten Monate waren hart und haben dir doch arg zugesetzt." Sie hebt abwehrend die Hand, als ich protestieren will. „Ich bin nicht blind, Tom. Also, du sagst jetzt Mr. Johnson Bescheid und ich buche deine Reise und gucke, was ich über die Immobilienpreise in Irland herausfinde. In vier Wochen sehen wir uns wieder, wenn du Millionär bist." Energisch steht sie auf und nickt mir zu.

„Zu Befehl!" Scherzhaft salutiere ich. Bettys Optimismus steckt mich an und ich schaue ein kleines bisschen zuversichtlicher in die Zukunft.

KAPITEL 2

TOM

Nach einem einigermaßen hektischen Vormittag, weil ich natürlich noch einiges zu erledigen hatte, bevor ich für einen Monat die Stadt, meine Wohnung und meinen Verlag verlasse, habe ich meinen Koffer gepackt und sogar noch ein paar Stunden geschlafen. Ich steige in den Zug am Southend und setze mich auf einen der orangefarbenen Kunststoffsitze. Der Zug fährt los und wir queren die Brücke über den Fort Point Channel. Vorbei an grauen Hochhäusern mit vergitterten Fenstern, durch eine Unterführung hindurch und weiter über freies Feld. Die Abendsonne scheint mir ins Gesicht, als der Zug in einer Kurve

Richtung Westen abbiegt.

Wir kommen an South Station vorbei, dem größten Bahnhof von Boston. Hier steigen viele Menschen zu und drängeln sich im Gang des Wagons. Niemand schenkt mir Beachtung und so sitze ich still da und lasse die Landschaft an mir vorüberrauschen: Industrieanlagen, Wohngebiete, Parks - alles ist hier vertreten.

Nach etwa einer halben Stunde erreichen wir den Flughafen Logan International Airport. Der Zug hält mit einem Ruck am Terminal C an und alle Reisenden strömen nach draußen auf das Laufband. Ich folge ihnen in das Terminal mit den Abflughallen und bewege mich Richtung Sicherheitskontrolle.

Die Wartehalle ist voller Menschen, die alle irgendwohin unterwegs sind. Ich sehe Mütter mit kleinen Kindern, die aufgeregt quengeln. Väter, die versuchen, sie zu beruhigen, und Großeltern, die stolz lächeln. Alle haben ein Ziel vor Augen.

Auch ich habe ein Ziel: Meinen Verlag zu retten und mein Versprechen gegenüber Mrs. Sharingham einzuhalten, die drohende Zwangsversteigerung des Waisenhauses abzuwenden. Dazu werde ich wohl das Herrenhaus und die Buchhandlung verkaufen müssen. Aber was will ich schon mit einem Geschäft, das ich nicht kenne und zu dem ich keinerlei Bindung habe. Ich hoffe, jemanden dafür begeistern zu können, einen Buchladen und ein Anwesen in Irland zu besitzen, damit ich so schnell wie möglich wieder zurück nach Boston kann.

Bald wird das Boarding beginnen und ich gehe noch einmal alles durch. Pass? Check! Wie gut, dass Betty mich vor ein paar Monaten daran erinnert hatte, ihn erneuern zu lassen. Boarding Pass? Check! Bestätigung des Mietwagens? Check! Ich bin schon zweimal in Australien auf der falschen Seite gefahren, das sollte also kein Problem sein. Die Adresse in Primrose Cove? Check! Gut - alles da. Jetzt heißt es nur noch abwarten.

Ich sitze in der Business Class und starre auf die winzigen Wolken, die unter uns vorbeiziehen. Der Flug nach Dublin dauert über fünf Stunden, dazu kommt die Zeitverschiebung und ich bin müde. Mein Sitznachbar schnarcht leise vor sich hin, in der Reihe vor mir nörgelt ein kleiner Junge und ich kann es ihm nicht verübeln, mir ist auch langweilig. Mein Buch habe ich ausgelesen, die angebotenen Filme interessieren mich nicht und ich habe keine Lust, mich mit den Unterlagen zu beschäftigen, die Betty mir noch zusammengestellt hat. Außerdem mag ich es nicht, in so engem Kontakt mit so vielen Menschen zu sein - besonders bei einem Flug, bei dem man stundenlang wenig Möglichkeit hat, aufzustehen und sich die Beine vertreten zu können.

Die Anschnallzeichen leuchten auf und eine Stimme erklingt aus den Lautsprechern. „Vor uns liegt ein Sturmtief. Bitte nehmen Sie Platz und schnallen Sie sich an.“ Die Leute um mich herum schrecken auf und beginnen hastig, ihre Gurte anzulegen, und ich tue es ihnen gleich. Ja, mir ist langweilig, aber doch nicht so sehr! Na super! Hoffentlich geht die Reise nicht so weiter. Ergeben schließe ich die Augen und harre der Dinge.

Es war zum Glück nicht so schlimm mit den Turbulenzen und ich konnte sogar noch eine Stunde schlafen. Dennoch bin ich froh, als ich endlich den Mietwagen am Flughafen entgegennehme. Der Jetlag macht sich langsam bemerkbar – hier ist es 9 Uhr morgens, bei mir zu Hause 4 Uhr nachts. Ich will jetzt so schnell wie möglich nach Primrose Cove und in ein Bett.

Eigentlich hatte ich mich für die Pension entschieden, weil ich dort wenigstens Frühstück bekommen hätte, aber die Zimmer sind gerade alle ausgebucht, wie Betty mir mitgeteilt hat. Also werde ich mit der Wohnung über der Buchhandlung vorliebnehmen müssen. Hoffentlich ist die wenigstens beheizt und einigermaßen gemütlich.

Ich lade meinen Koffer in den SUV, den Betty für mich gebucht hat, und steige erstmal auf der falschen Seite ein. Kein Lenkrad. Ich muss über mich selbst lachen, als ich zur Fahrerseite gehe. Nachdem ich alles für mich passend eingestellt habe, suche ich im Navi nach meiner Adresse. Und finde … nichts. Stirnrunzelnd checke ich die Adresse. Primose Cove, Highstreet 2, im County Galway. Aber ich finde das Dorf nicht in der Auswahl. Ein irisches Navi sollte doch eine irische Adresse finden können! Es gibt immerhin sogar einen Buchladen in dem Kaff.

Seufzend hole ich mein Handy raus und suche im Internet. Dort werde ich fündig und da steht, dass dieser entzückende Ort irgendwo versteckt zwischen Galway und Clifden an der Küste liegt und ein Geheimtipp für Urlauber ist. Offensichtlich absolut geheim, wenn ich ihn nicht finden kann. Ich gebe also wahllos einen anderen kleinen Ort auf der Strecke ein, den das Navi bereit ist zu finden, stöhne kurz auf, als ich sehe, dass es nochmal mindestens drei Stunden Fahrt sind, und starte den Motor. Ich muss mich erst wieder daran gewöhnen, auf der linken Seite zu fahren. Aber ich schlage mich ganz gut und bin schließlich auf der Autobahn raus aus Dublin.

Je weiter ich nach Westen fahre, desto mehr nehme ich die Landschaft wahr. Sie ist wirklich atemberaubend. Die grünen Hügel, auf denen Schafe grasen, sind weitläufig und unberührt. Der blaue Himmel ist fast schon zu perfekt, um wahr zu sein. Die Bäume entlang der Straße strecken ihre Äste nach mir aus, als wollten sie mich willkommen heißen.

Nach einer Weile bekomme ich Hunger und beschließe, auf dem Weg in Galway haltzumachen und mir einen Kaffee und etwas zu Essen zu besorgen. Die Sonne scheint und es ist ein herrlicher Tag. Ich öffne das Fenster und lasse die kühle Brise herein. Die Luft riecht nach Abenteuer, schießt es mir durch den Kopf. Aber ich bin nicht hier für Abenteuer! Ich bin hier wegen der Erbschaft und um das Herrenhaus und den Buchladen abzuchecken, damit ich sie schnellstmöglich zu Geld machen kann.

Ich bin noch nie in Galway gewesen und die Stadt gefällt mir auf Anhieb. Ich suche mir einen Parkplatz, hole mir erstmal einen Latte Macchiato und lasse mich durch die Stadt treiben.

An diesem Frühlingstag ist die Innenstadt voller lebendiger Farben, Stimmen und Eindrücke. Der Himmel ist immer noch strahlend blau mit wenigen weißen Wolken und die Sonne erfüllt die Straßen mit warmem Licht.

Der Eyre Square ist gesäumt von bunten Blumenbeeten und grünen Parkanlagen. An verschiedenen Stellen stehen Bänke, auf denen man sich niederlassen kann, um dem Treiben der Marktstände beizuwohnen oder einfach nur die Atmosphäre zu genießen. Auch einige Musiker spielen für die Passanten - akustische Gitarren, Flöte, Violine oder Harfe.

Nebenan windet sich durch verwinkelte Gassen die Shop Street, wie mein Handy mir mitteilt, wo allerlei lokale Handwerker ihre Waren feilbieten. Kunsthandwerk aus Holz und Metall, selbstgenähte Kleidungsstücke und Schmuckstücke, aber es gibt dort auch viele Restaurants mit den leckersten Gerichten. Viele Menschen schlendern durch die Straße, unterhalten sich angeregt miteinander oder machen Schnappschüsse mit dem Smartphone.

Es liegt eine unterschwellige Aufregung über der Stadt und Galway bietet seinen Besuchern an diesem sonnigen Frühlingstag ein Meer an Möglichkeiten. Ich entscheide mich schließlich für einen Pub in einer der Seitenstraßen.

Warmes Licht erhellt den Raum mit dem dunklen Holzboden. Leise, traditionelle irische Musik und eine angenehme Wärme von dem offenen Kamin in der Ecke begrüßen mich.

Die Einrichtung des Pubs ist rustikal und besteht aus massiven Holzregalen, alten Bildern und schwarz-weiß Fotografien von früheren Besuchern an den Wänden. Ein Tresen befindet sich in der Mitte des Raumes, an dem Gäste ihre Getränke ordern können. Hinter dem Tresen werden Biere aus aller Welt angeboten sowie eine Reihe von Spirituosen. Der Barkeeper nickt mir freundlich zu, während er sich mit zwei anderen Gästen unterhält. Er lässt sie ihre hitzige Debatte weiterführen, ob das Team gestern beim Darts-Turnier geschummelt hat oder nicht, und wendet sich mir zu.

„Was kann ich für dich tun?“, fragt er freundlich.

„Ich hätte gerne einen Kaffee, ein Wasser und irgendetwas zu Essen.“

„Irgendetwas?“ Er lacht. „Wonach ist dir denn?“

„Keine Ahnung. Ich nehme das Gericht des Tages. Oder was immer du mir empfehlen kannst.“

„Alles klar, such dir einen Platz. Ich bringe dir die Sachen gleich.“

Ich lächle und setze mich in eine Ecke ans Fenster. Schneller als gedacht, kommt das Essen.

„Irish Stew von meiner Mum gemacht. Ich wünsche guten Appetit“, sagt der Wirt und stellt mir die größte Portion Stew hin, die ich je in einem Restaurant gesehen habe.

„Vielen Dank. Den werde ich bestimmt haben.“

Der Duft des Essens steigt mir in die Nase und mein Magen knurrt laut.

„Na, da bin ich ja froh, dass ich dir unsere Spezialportion gebracht habe.“ Er zwinkert mir zu. „Du siehst nicht nur groß und stark und hungrig aus, du hörst dich auch so an.“

Ich stimme in sein Lachen mit ein und schnappe mir die Gabel, während er wieder hinter dem Tresen verschwindet. Das Stew dampft und riecht einfach himmlisch. Voller Genuss probiere ich und grinse breit. Es ist fantastisch und ich genieße mein erstes echtes irisches Stew. Also, natürlich habe ich schon Irish Stew gegessen, aber eben noch nie in Irland.

Während ich es mir schmecken lasse, denke ich über mein bisheriges Leben nach. So viel ist passiert in den letzten Jahren. Manchmal kommt es mir immer noch so vor, als wäre ich in einem Traum. Ich, Tom Artisan, der nach dem Tod meiner Eltern von einem armen Waisenjungen, den niemand haben wollte, zu einem der erfolgreichsten Verleger an der Ostküste aufgestiegen ist.

Okay, im Moment bin ich vielleicht nicht so erfolgreich, aber das wird schon wieder. Wir werden andere Autoren finden und mit ihnen den Durchbruch feiern, dessen bin ich mir sicher. Ich habe das beste Team von Mitarbeitern, deren Wohlergehen mir wichtig ist. Ich kenne jeden persönlich und ich werde verdammt nochmal dafür sorgen, dass wir alle zusammen weiter erfolgreich sind. Bevor ich jemanden entlasse, wie mein Anwalt mir dauernd rät, werde ich in den sauren Apfel beißen und diese vier Wochen in

Irland absitzen, um die zwei Millionen Euro zu bekommen, die das Waisenhaus retten und uns alle für mindestens ein halbes Jahr über Wasser halten können. Und vielleicht noch ein bisschen länger, weil die Buchhandlung und das Herrenhaus bestimmt auch noch ein hübsches Sümmchen bringen.

Ich checke mein Handy und sehe vier neue Mails und eine neue Nachricht, seit ich in Dublin losgefahren bin. Betty fragt, ob ich gut gelandet bin.

Das schlechte Gewissen überfällt mich. Ich habe vergessen, ihr Bescheid zu geben. Schnell tippe ich eine Nachricht, bevor ich mein Essen beende und bezahle. Ich gebe ein großzügiges Trinkgeld, lasse mir die Visitenkarte des Pubs geben, vielleicht komme ich in den nächsten vier Wochen ja nochmal her, und mache mich wieder auf den Weg zu meinem Auto.

Ich bin zuversichtlich, dass ich Primrose Cove bald erreichen werde, als ich Galway in Richtung Clifden verlasse. Es dauert auch nicht lange, bis ich auf der Küstenstraße bin.

Der Weg windet sich am Rande der Klippen entlang und ich muss aufpassen, auf meiner Seite der Straße zu bleiben, was nicht so einfach ist, weil die Straße den Namen eigentlich nicht verdient hat. Es ist eher ein schmaler Weg, es gibt über Meilen hinweg nicht einmal einen Mittelstreifen! Zum Glück sind die Autofahrer hier alle weitgehend entspannt. Trotzdem merke ich, dass ich angespannter werde, je weiter ich fahre. Es ist doch etwas ganz anderes, auf breiten australischen Straßen links zu fahren, als auf diesen kleinen irischen Hutzelwegen und dann auch noch so nah an den Klippen entlang.

Aber die Aussicht ist atemberaubend und deutlich abwechslungsreicher als im Outback. Vor mir schimmert immer wieder das weite Meer, umrahmt von grünen Hügeln. In der Ferne sehe ich kleine Inseln, vielleicht Achill Island oder Inishturk Island. Wobei die noch weiter nördlich sind, wie ich mich erinnere.

Ich halte an einer Aussichtsplattform und steige aus dem Auto. Dort unten rauscht das Meer gegen die Felsen und Möwen kreischen in der Luft. Ich lehne mich an das Geländer und schließe kurz die Augen. Es ist so friedlich hier und die Anspannung fällt für einen Moment von mir ab.

Ein schrilles Hupen holt mich wieder zurück ins Hier und Jetzt und ich sehe, dass noch andere Leute hier parken wollen. Touristen, denke ich und verdrehe die Augen. Überall das Gleiche. Dann lache ich über mich. Ich bin schließlich auch stehengeblieben. Fröhlich winke ich dem Pärchen zu, das auf meinen Platz wartet, und steige ins Auto, bereit das Kaff zu finden, das sich vor mir versteckt, aber irgendwo auf dieser Straße sein muss.

KAPITEL 3

MAEVE

„Was soll das heißen, er kommt heute noch her?" Meine Finger klammern sich um den Hörer des alten schwarzen Telefons. Ich kann nicht glauben, was ich da gerade höre. Mir ist natürlich bewusst, dass Fairytale Books mir nicht gehört, aber ich leite den Laden schon so lange selbstständig, dass ich das bisher immer irgendwie gut ignorieren konnte.

Bis jetzt. Der Besitzer Arthur O'Brien, der sich nie groß um uns gekümmert hat, außer, dass er mein Gehalt regelmäßig überwiesen hat, ist offensichtlich verstorben, ohne dass wir das mitbekommen haben, und sein Erbe kommt jetzt nach Primrose Cove.

„Wenn er denkt, er kann hier einfach vier Wochen den Boss spielen, hat er sich aber geschnitten“, fauche ich. „Der soll bleiben, wo der Pfeffer wächst! Ich habe keine Lust und keine Zeit, mich um einen verwöhnten Schnösel zu kümmern! In drei Wochen ist unser Märchenfest und ich habe echt genug zu tun!“

„Er ist gezwungen, vier Wochen bei dir auszuhelfen, sonst bekommt er sein Erbe nicht.“

„Armes reiches Bürschchen. Muss sich vier Wochen lang die Hände schmutzig machen mit richtiger Arbeit? Mir kommen gleich die Tränen.“ Meine Stimme trieft vor Spott.

„Maeve Marian Murphy! Du wirst gefälligst nett zu ihm sein! Vielleicht lässt er dich ja weiter schalten und walten, nimmt das Geld und fliegt einfach wieder nach Hause.“

Uiii! Wenn mein Vater meinen vollen Namen sagt, heißt das schon was. Ich beruhige mich. „Ja, Dad. Ich bin nur echt ein bisschen durch den Wind. Seit wann weißt du es schon?“

Jetzt höre ich an seinem Schweigen, dass es ihm unangenehm ist.

„William hat mir tatsächlich erst vorgestern gesagt, dass Mr. O’Brien gestorben ist und dass ich damit beauftragt bin, zu überwachen, dass Mr. Artisan die vier Wochen in Primrose Cove bleibt und arbeitet.“

Ich schnaube. „Passt mir wirklich gar nicht. Ich hoffe, er wohnt wenigstens im Spukhaus!“

„Sei nicht albern. In dem alten Ding kann niemand

wohnen und da bei Mary auch alles ausgebucht ist …“

Er spricht nicht weiter und mir dämmert allmählich, worauf er hinaus will. „Was? Nein! Das geht nicht! Ich will ihn nicht in meiner Wohnung haben!“

„Es tut mir leid, mein Seestern, aber William hat Mr. Artisan angeboten, über der Buchhandlung zu wohnen. Das Haus gehört schließlich ihm.“

„Tut es nicht! Noch nicht! Und wenn ich ihn vergraulen und zurück nach Boston jagen kann, wird es ihm auch nicht gehören!“ Ich merke selbst, dass meine Stimme trotzig klingt, aber ich kann es gerade nicht ändern.

„Das ist doch albern. Wenn er sein Erbe nicht antritt, dann fällt alles an den Staat und du weißt nicht, was dann passiert. Also vielleicht wickelst du Mr. Artisan lieber um den Finger und versuchst, ihn davon zu überzeugen, alles beim Alten zu belassen!“

„Dad, ich werde niemanden um den Finger wickeln. Du weißt so gut wie ich, dass das nicht meine Kernkompetenz ist.“

Ich höre ihn am anderen Ende der Leitung seufzen. „Nur weil der Idiot, dessen Namen wir nicht mehr nennen, dich nicht zu schätzen wusste, heißt das nicht, dass andere Männer gegen deinen bezaubernden Charme immun sind, mein Seesternchen.“

Ich schlucke. Die Sache mit Ben ist zwar schon zwei Jahre her, aber es sitzt irgendwie immer noch tief, dass er mich kurz nach unserer Verlobung verlassen hat, weil ich ihm nicht ehrgeizig genug war. Er hat den

Buchladen immer für Zeitverschwendung gehalten und ist am selben Tag, als er mit mir Schluss gemacht hat, mit dem französischen Au-pair der Golfclub-Besitzerin abgehauen. Hallo Klischee! Zum Glück ist das noch vor unserer Hochzeit passiert. Die mitleidigen Gesichter von allen um mich herum, werde ich trotzdem nie vergessen.

„Seesternchen?"

„Ja, Dad. Ich bin noch da. Tut mir leid, dass ich so ausgeflippt bin." Ich sehe auf die alte Standuhr, die zwischen den Krimis und den Reiseführern an der Wand steht. „Es ist schon halb vier. Wieso rufst du mich jetzt erst an?"

„Ich habe eben erst erfahren, dass er heute schon gelandet ist, und habe dir sofort Bescheid gesagt", verteidigt er sich.

„Also gut. Danke. Ich muss auflegen und das Gästezimmer vorbereiten. Wir wollen ja nicht, dass er sich hier nicht willkommen fühlt." Ganz kann ich den Spott nicht aus meiner Stimme halten, aber mein Vater ist so erleichtert, dass ihm das nicht mehr auffällt.

„Wunderbar. Es wird bestimmt alles ganz wunderbar werden, Seesternchen. Wirst schon sehen. Alles wird gut."

Ich werde weich. Es ist immer das Gleiche. Ich bringe es nicht übers Herz, ihm seinen Optimismus auszureden. „Danke, Dad. Das hoffe ich auch." Ich muss mich trotzdem zusammenreißen, nicht den Hörer auf die Gabel zu werfen. Betont langsam lege ich also auf. Plötzlich muss ich grinsen. Vielleicht kennt unser feiner Städter so ein Telefon ja überhaupt nicht mehr. Jetzt fällt mir auf, dass ich gar nichts über Mr. Artisan weiß, außer, dass er der Erbe ist. Vielleicht ist er ja noch ganz jung? Oder er ist schon ein alter Knacker? Kurz überlege ich, Dad nochmal anzurufen, aber dann schüttele ich den Kopf. Das werde ich ja nachher mitbekommen.

Seufzend sehe ich mich in dem kleinen Buchladen um, den ich schon mein Leben lang kenne und liebe und in dem ich seit vielen Jahren arbeite. Hier habe ich alles gelernt, was ich über Bücher und das Geschäft wissen muss, und seit Molly offiziell in Rente gegangen ist, bin ich nicht nur Geschäftsführerin, sondern quasi die Inhaberin.

Ich durfte sogar die Wohnung über dem Laden beziehen. Okay, eigentlich habe ich angefangen, sie zu renovieren, und bin eingezogen und habe erst danach Mr. O'Brien gefragt, ob das in Ordnung für ihn ist. Aber die Reihenfolge ist ja egal, wenn es klappt. Ich gehe in die winzige Küche, die hinten im Laden angeschlossen ist, und mache mir einen Tee.

Der kleine Buchladen ist schon immer mein Rückzugsort gewesen. Ein Ort, an dem ich meinen Träumen nachgehen und mich in die Welt der Literatur vertiefen kann. Er liegt im Herzen unseres Dorfes, direkt neben der alten Kirche.

Der Laden ist gemütlich und warm eingerichtet, mit vielen weißen Bücherregalen, die sich auf drei Seiten erstrecken. Die Regale reichen bis zur Decke und sind gefüllt mit allen möglichen Arten von Büchern. Wir haben ein breites Sortiment. Klassiker, moderne

Romanzen, Kinderbücher, Sachbücher sowie historische Werke - viele unterhaltsame und interessante Titel für jeden Geschmack. Natürlich auch Märchen und Fantasy, wir wollen unserem Namen Fairytale Books schließlich alle Ehre machen.

Es gibt bequeme Sessel mit kleinen Hockern als Tischchen vor den beiden Schaufenstern mit der Auslage, dazu zwei Holztische in der Mitte des Ladens, auf denen aktuelle Bücher liegen und unsere jeweiligen Aktionen – momentan Cosy-Krimis – ausgestellt sind. Zusätzlich haben wir gemütliche Kissen im Laden verteilt, damit die Kids sich ein Buch und ein Kissen schnappen und gemütlich schmökern können. Meistens spielt leise, sanfte Folk-Musik im Hintergrund und die Luft ist erfüllt vom Aroma leckeren Tees oder seltener auch mal frischen Kaffees. Wir machen keine riesigen Umsätze, aber wir haben viele Kunden, die den Laden durchstreifen und nach ihrem nächsten Lieblingsbuch suchen, und wir sind auch sowas wie ein Treffpunkt für das ganze Dorf.

Neben den Büchern habe ich eine kleine Ecke für lokal produziertes Kunsthandwerk, wie die handgemachten Kerzenhalter von Liz und die geknüpften Schutzhüllen für Bücher vom alten Ryan. Er war früher Fischer und nutzt seine Fähigkeiten, Netze zu knüpfen, jetzt für fantastische Buchhüllen aus weichen Stoffresten, die besonders die Touristen lieben. Natürlich findet man bei uns außerdem eine Fülle an Postkarten mit Bildern irischer Landschaften, Fotos von Galways Sehenswürdigkeiten und lustigen Sprüchen.

Abgerundet wird alles durch eine Auswahl Kräuter-Tees und dem fantastischen Heidehonig von Siobhan.

Mein kleiner Buchladen ist mehr als bloß ein Geschäft – es ist eine Oase der Inspiration, Ruhe und Freude! Und jetzt kommt dieser Heini und steckt wahrscheinlich seine Nase überall hinein und will mitbestimmen. Ich habe wirklich absolut überhaupt keine Lust, mich damit zu beschäftigen! Am liebsten würde ich mit dem Fuß aufstampfen, aber dazu lasse ich mich dann doch nicht hinreißen.

Stattdessen trinke ich meinen Tee aus, hänge das Schild, dass ich gleich wieder da bin, in die Tür, und stapfe nach oben, um das Gästezimmer vorzubereiten. Vielleicht hat Dad ja doch recht und ich erreiche mehr, wenn ich es dem Schnösel schön mache.

Das Bett ist frisch bezogen, ich habe sogar meinen großen wöchentlichen Blumenstrauß vom Markt aufgeteilt und ihm eine hübsche Vase ins Zimmer ans Fenster gestellt. Auch Handtücher liegen, ordentlich gefaltet, auf dem Bett und ich finde, es sieht aus wie bei Mary in der Pension nebenan. Nur das Bad müssen wir uns hier teilen. Ach herrje! Das Bad!

Ich flitze in die Küche, hole mein Putzzeug und mache mich ans Bad. Nicht, dass es schmuddelig wäre. Aber natürlich ist es benutzt. Ich wohne schließlich hier! Und habe alles selbst renoviert, darauf bin ich stolz. Das Obergeschoss des Ladens war immer muffig und ein bisschen schimmelig, sodass wir schon um unsere Bücher gefürchtet haben. Aber als klar war, dass Molly in Ruhestand geht und ich das Fairytale übernehme, war mir auch klar, dass ich hier wohnen und nicht mehr von Galway pendeln möchte. Ben hat auch das nicht verstanden. Er war ein Stadtmensch - je lauter, desto besser - während ich die Beschaulichkeit schätze.

Primrose Cove liegt in einer wunderschönen Landschaft mit Blick auf den Atlantik zur einen Seite und auf die Berge zur anderen. Unser Dorf ist ein bisschen versteckt, das stimmt schon, und nicht mal die irischen Navis finden es auf Anhieb, aber ich würde nie mehr woanders wohnen wollen.

Die Buchhandlung ist ein altes Steinhaus, das vor langer Zeit erbaut wurde, und es gibt nichts Schöneres, als jeden Morgen aufzuwachen und erstmal diesen atemberaubenden Ausblick zu genießen. Aus dem oberen Stockwerk ist der nämlich noch besser als von unten.

Hinten schließt sich ein malerischer Garten mit verschiedensten Pflanzen und ein paar Obstbäumen an, den ich sehr liebe und zu einer kleinen Oase gemacht habe. In der Fuchsienhecke wohnt ein Rotkehlchen, das mich morgens mit seinem fröhlichen Gesang erfreut. Außerdem habe ich oft Besuch von einem Eichhörnchen, das ich – ebenso wie den Vogel – mit Leckereien füttere.

Ich verbringe hier gerne meine Zeit. Leben und arbeiten. Oft vermischt sich beides, was überhaupt nicht schlimm ist, weil ich meine Arbeit liebe. Und dafür bin ich nach der Arbeit oder wenn Molly aushilft, damit ich mal einen freien Tag habe, schnell im Nationalpark zum Wandern oder Ausreiten. Die perfekte Mischung für mich. Die berühmte Work-Life-Balance stimmt für mich hier definitiv. Ben wollte schon immer weg. Wir haben uns im Studium in Galway kennengelernt. Ich dachte früher mal, ich sollte nach Höherem streben, und hatte mich für Literaturgeschichte und BWL eingeschrieben. Dort haben wir uns auch kennengelernt.

Ich schnaube. Genug von Ben! Es ist zwei Jahre her, dass er dich hat fallen lassen wie eine heiße Kartoffel, Maeve. Verdammt nochmal. Ich reiße mich zusammen und putze noch energischer. Dieser heuchlerische Typ gehört der Vergangenheit an und da soll er auch bleiben!

Unten klopft jemand an die Ladentür. Lauter, als es jemand aus dem Dorf tun würde. Jeder hier weiß, dass ich die Tür nicht abschließe, nur weil ich mal kurz nach oben gehe. Auch deshalb liebe ich Primrose Cove. Unsere Kriminalitätsrate ist seit Jahren stabil bei unter einem Prozent. Und sie wäre bei null, wenn nicht ab und zu Touristen einen Bademantel aus Marys Pension mitnehmen oder an Markttagen im absoluten Halteverbot parken würden.

Aber ich bin sowieso fertig. Mit einem letzten zufriedenen Blick auf das blinkende und blitzende Bad, stelle ich das Putzzeug weg und laufe nach unten.

KAPITEL 4

TOM

Ich kann es nicht glauben! Ich habe es tatsächlich geschafft, dieses Kaff zu finden. Momentan bin ich so genervt, dass ich keine Augen für die Schönheit des kleinen Dörfchens habe. Immerhin ist der Buchladen nicht zu übersehen, nachdem ich Primrose Cove endlich erreicht habe.

Das Dorf liegt am Ende der Nebenstraße einer Nebenstraße und das will in Irland etwas heißen. Ich hatte mich schon gewundert, warum Betty mir einen Geländewagen als Mietwagen besorgt hat, aber die letzten zwei Stunden war ich absolut dankbar dafür.

Enge Straßen, die zum Teil nicht mehr als ein Feldweg und vom Regen aufgeweicht waren, und damit zu einer Todesfalle für jeden Kleinwagen werden würden. Und dann steht doch allen Ernstes an einer dieser Waldpisten, auf der ich Mühe hatte, in den beiden Fahrspuren zu bleiben, die noch schwach links und rechts neben dem überwuchernden Gras in der Mitte zu erkennen waren, dass man hier 80 Stundenkilometer fahren dürfte! Das sind fast 50 Meilen! Fünfzig! Bei uns darf man auf zweispurigen, erstklassig geteerten und gesicherten Highways nur 55 Meilen pro Stunde fahren. Die scheinen hier alle lebensmüde zu sein. Ich bin natürlich angemessen gefahren. Also, wohl eher geschlichen für Irland, mit 30 und habe trotzdem schweißnasse Hände. Aber ich habe es heil bis an mein Ziel geschafft!

Ich klopfe ein weiteres Mal an die Tür, die keine Klingel hat. Der Buchladen sieht nett aus auf den ersten Blick. Das zweistöckige Haus ist frisch geweißelt und die Fensterläden sind in fröhlichem irischem Grün gestrichen. Oben sieht man moderne große Fenster, die bestimmt einen fantastischen Ausblick auf das Meer bieten, und unten sind die Schaufenster schön dekoriert mit Büchern zu keltischen Jahresfesten.

Was ich erkennen kann, sieht nach einem typischen, gemütlich kleinen Buchladen in einem Dorf aus. Perfekt. Den werden mir bestimmt viele aus der Hand reißen wollen. Vielleicht werde ich erstmal den Buchhändler fragen, ob er ihn kaufen will, aber andererseits bekomme ich in den Staaten definitiv bessere Angebote. Schließlich hat Irland immer irgendetwas Mystisches und viele meiner Landsleute hätten gerne ein Stück davon. Wenn niemand die Buchhandlung kaufen will, ist das Haus allein bestimmt einiges wert. Ich denke an die Unterlagen, die Betty mir zusammengestellt hat. Werde ich nachher lesen. Ich klopfe noch einmal.

Auf dem Schild in der grünen Holztür mit den zwei Glasscheiben oben steht: Bin gleich zurück. Aber wann gleich ist oder wer dann zurück ist, steht nicht darauf. Mir wird langsam kalt. Ich bin wirklich übermüdet. Und meine Laune sinkt mit jeder Minute, die ich hier draußen stehen muss.

Ungeduldig sehe ich mich auf der Straße um. Immerhin gibt es hier ein Pflaster und ich stehe nicht im Matsch. Aber auch hier ist niemand zu sehen.

„Die Tür ist offen, Sie hätten einfach reinkommen können", höre ich eine amüsierte Frauenstimme. Ich drehe mich um und unterdrücke ein Lachen. Vor mir steht ein irisches Klischee.

Die Frau hat die grünsten Augen, die ich je gesehen habe, und eine wilde rote Lockenmähne, die mich an Merida aus dem Disneyfilm erinnert. Ihre Nase ist übersät mit entzückenden Sommersprossen, die noch ein bisschen blass sind, wahrscheinlich weil erst Frühling ist. Ihre Lippen sind voll und sinnlich – perfekt geschwungen für Küsse. Huch, wo kommt das denn her? Tom, reiß dich zusammen! Das fällt mir leichter, weil ihr Mund sich jetzt zu einem spöttischen Lächeln verzieht, während sie ihre Hände in die Hüften stemmt.

Sie ist vielleicht Mitte dreißig und hat üppige

Kurven, was ihr gut steht. Sie trägt einen cremefarbenen Strickpullover, um ihren Hals hängt eine goldene Kette mit einem grünen Stein in der Mitte - wahrscheinlich ein Smaragd oder Jade. Ihre Beine stecken in hellen Bluejeans und ihre Füße in moosgrünen Filzpantoffeln. Besonders groß ist sie nicht, sie reicht mir gerade bis zur Schulter, aber sie strahlt etwas Besonderes aus. Das ist keinesfalls der schrullige Buchhändler, den ich mir in Boston ausgemalt hatte.

„Tom Artisan", stelle ich mich vor und strecke meine Hand aus, die sie kurz schüttelt.

„Das habe ich mir fast gedacht. Um diese Uhrzeit kommen selten noch Touristen von außerhalb und hier im Dorf weiß jeder, dass der Laden nicht abgeschlossen ist. Ich bin Maeve Murphy, die …" Sie zögert einen Moment. „Die leitende Buchhändlerin."

Ich ziehe eine Augenbraue hoch. „Nicht abgeschlossen? Das klingt sehr leichtsinnig. Haben Sie keine Angst, dass jemand etwas klaut?"

„Nein wieso?" Sie sieht mich an, als ob ich ein exotisches Tier wäre.

„Äh, weil Menschen so etwas tun? Es passiert tagtäglich." Ich zucke mit den Schultern.

„Vielleicht da, wo sie herkommen, Mr. Artisan. Bei uns passiert so etwas nie." Sie runzelt die Stirn. „Nein, das stimmt nicht. Im Sommer 2015 hat mal jemand eine Postkarte mitgehen lassen und bei Mary kommen ab und zu Bademäntel abhanden."

Jetzt muss ich doch lachen. „Das ist tatsächlich

beeindruckend. Ich weiß zwar nicht genau, warum jemand Marys Bademäntel klauen sollte, aber die gestohlene Postkarte von 2015 klingt ja schon fast wie ein Krimi."

Sie kichert und ihre Nase verzieht sich ganz entzückend dabei. „Mary gehört die Pension hier nebenan. Das sind unsere spannendsten Verbrechen hier in der Gegend. Und von der Postkarte sprechen auch alle immer noch."

Eine Windböe schickt kalte Luft vom Meer herauf und ich fröstle unwillkürlich.

Maeve tritt zur Seite. „Kommen Sie rein, Sie sehen verfroren aus."

„Danke." Ich nehme meinen Koffer und betrete die Buchhandlung. Mir gefällt auch innen, was ich sehe. Der Laden ist der Traum eines jeden Bücherwurms und ich fühle mich sofort heimisch. Es riecht nach Büchern und Tee und ein leichter Hauch von Lavendel liegt darüber. „Bezaubernd", sage ich laut und lächle Maeve breit an.

MAEVE

Tom Artisan ist also weder jung noch alt. Ich schätze ihn um die 40 und er sieht verdammt gut aus. Etwa einen Kopf größer als ich, mit breiten Schultern und markantem Gesicht. Er könnte ein Bruder von Henry Cavill sein, fährt es mir durch den Kopf, und ich unterdrücke ein nervöses Kichern. Seine Anwesenheit wird im Dorf für einiges Aufsehen sorgen. Nicht nur, weil er der Erbe ist, sondern weil er aussieht wie ein Filmstar. Seine Kleidung ist von exzellenter Qualität, das erkenne ich sofort, wobei ich glaube, dass sie nicht maßgeschneidert ist. In Gedanken klatsche ich mit Mum ab, die als Schneiderin immer auf Stoffe und Kleidung achtet und meinen Blick dafür geschärft hat.

Wenn Mr. Artisan die Augenbrauen hochzieht, sieht er aus wie einer der Charaktere in meinen Liebesromanen, und sein Lächeln hat definitiv das Potenzial für weiche Knie. Seine Augen sind braun und in seinen dunklen Haaren sind bereits ein paar graue Strähnen zu sehen, ebenso an seinen Schläfen, was ihn nicht weniger attraktiv macht. Außerdem scheint er Sinn für Humor zu haben, was mein schwacher Punkt ist. Verdammt. Ich wollte ihn doch eigentlich nicht mögen.

„Danke, ich mag den Laden auch sehr. Möchten Sie sich erst hier unten umsehen oder lieber zuerst Ihre Sachen in Ihr Zimmer bringen?" Fragend sehe ich ihn an und erkenne jetzt dunkle Ringe unter seinen Augen.

Er runzelt die Stirn. „Zimmer? Ich dachte, es ist eine Wohnung oben?"

„Ja, es gibt eine Wohnung. Meine Wohnung. Und Sie können mein Gästezimmer haben." Ich runzle auch die Stirn. Dachte er etwa, ich würde in den vier Wochen zu meinen Eltern ziehen, damit er die Wohnung für sich hat?

„Entschuldigen Sie, Maeve, ich darf Sie doch Maeve nennen?"

Ich nicke. Hier ist man sowieso nicht so förmlich.

„Ich bin davon ausgegangen, dass ich hier eine Wohnung für mich habe und nicht, dass ich Untermieter oder Gast bin. Meine Assistentin sagte, dass die Pension nebenan gerade ausgebucht ist, aber es gibt bestimmt noch irgendwo anders etwas, wo ich unterkommen kann." Er wirkt ein bisschen verärgert und enttäuscht, aber vor allem müde.

„Hören Sie, Tom, es tut mir leid, wenn Ihre Ankunft und Unterkunft hier nicht Ihren Erwartungen entsprechen, aber vielleicht nehmen Sie erstmal das Gästezimmer und schlafen sich aus? Morgen können wir dann überlegen, wie es weitergeht. Ich beiße nicht und unseren Hausgeist Percy habe ich angewiesen, solange in die Kirche umzuziehen, damit er Ihnen keine Scherereien macht." Ich sehe ein kleines Lächeln und ziemlich große Erleichterung in seinem Gesicht.

„Dann muss ich das Angebot ja erstmal annehmen. Nicht, dass Percy Ihnen sonst Ärger macht, weil er völlig grundlos umgezogen ist."

„Eben", stimme ich ernst zu. „Kommen Sie, ich bringe Sie in die gute Stube."

TOM

Maeve hat Humor, das gefällt mir. Auch wenn mir nicht gefällt, dass ich keine Wohnung für mich allein habe. Aber darum kümmere ich mich, wenn der Jetlag vorbei oder wenigstens erträglich geworden ist.

Momentan habe ich das Gefühl, als würden kleine Bleigewichte an meinem Körper hängen, und die Aussicht mir jetzt, in der bald heraufziehenden Dunkelheit, eine neue Unterkunft suchen zu müssen, schreckt mich echt ab.

Also folge ich meiner Gastgeberin in den hinteren Teil des Ladens, vorbei an den vollen Bücherregalen, in denen ich einige interessante Titel entdecke. Das ist eine Berufskrankheit. Ich kann nicht an Büchern vorbeigehen, ohne wenigstens zu versuchen, die Titel zu lesen. Hinter dem Tresen mit der alten Registrierkasse und dem genauso alten Telefon führt ein schmaler Flur zu einer kleinen Küche, die entzückend eingerichtet und bunt gestrichen ist. Neben der Küche ist eine Toilette, worauf das Schild hinweist, und dahinter eine Holztreppe, die in den ersten Stock führt.

Die Stufen knarzen, als wir hinaufgehen und den winzigen Vorflur betreten. Ein Gaubenfenster ist in einer Nische eingelassen, auf dessen Fensterbrett eine Laterne und eine Grünpflanze stehen. Darunter ist ein Schuhregal eingepasst, auf dem ich Clogs, Gummistiefel, Chelseaboots und Reitstiefel entdecke. Ein Vorleger mit keltischen Symbolen und dem Wort Fáilte liegt vor der Schwelle und an der Tür, die Maeve gerade öffnet, hängt ein Kranz mit Trockenblumen. Der Flur ist in hellblau und wollweiß gehalten und sieht sehr gemütlich aus. Ich bin gespannt auf die Wohnung. Ein kurzer Blick auf meine Schuhe und ich bin froh, dass es nicht geregnet hat und ich sie deshalb nicht ausziehen muss. Neugierig folge ich Maeve hinein.

Alles ist modern gestaltet. Das Geschoss ist offensichtlich umgebaut worden. Das Wohnzimmer liegt direkt am Eingang und besticht durch warme Farben und seine gemütliche Atmosphäre. In der Ecke steht ein bequemer Ohrensessel in samtgrün, in dem man sich nach einem anstrengenden Tag entspannen kann. Der Bollerofen macht den Raum noch gemütlicher. Vom grauen Sofa davor hat man einen umwerfenden Blick durch die beiden großen Fenster, die ich schon von draußen gesehen habe. „Wow! Das ist beeindruckend!"

Maeves Wangen färben sich ein bisschen rot. „Danke, habe ich alles selbst renoviert. Mit Hilfe von Freunden hier aus dem Dorf."

„Sie haben das selbst gemacht?" Ich starre sie an. „Sie haben diese Wohnung so hergerichtet?"

Sie nickt stolz. „Es war hier immer klamm und ungemütlich und der Schimmel hatte sich schon nach unten vorgearbeitet. Das konnte ich nicht zulassen. Also habe ich einfach angepackt und etwas Schönes daraus gemacht und das Nützliche mit dem Angenehmen verbunden und bin gleich eingezogen."

„Das kann ich Ihnen nicht verdenken. Es ist wirklich toll geworden. Und der Ausblick ist fantastisch. Diese Mischung aus wilder Landschaft und wildem Ozean ist unglaublich."

Sie winkt mich ans Fenster und ich bemerke, dass der zarte Lavendelduft von ihr kommt. Sie riecht wie ein Sommertag. Ich schließe für einen Moment die Augen und atme tief ein.

„Sehen Sie da draußen die kleine Insel auf 1 Uhr?" Maeve deutet in die Richtung.

Ich öffne die Augen und kneife sie dann wieder zusammen, um im Dämmerlicht die Insel zu entdecken. „Ja, was ist damit?"

„Es heißt, dort hätte Grace O'Malley, die berühmte Piratin, einen Schatz vergraben."

„Klingt nach dem Beginn eines spannenden Buches." Ich grinse.

„Finde ich auch. Irgendwann werde ich mal nachsehen." Maeve lächelt.

„Warum haben Sie es noch nicht getan?"

Sie zuckt mit den Schultern. „Ich kann nicht besonders gut schwimmen, die Felsen sind gefährlich und mit dem Boot kann man nicht landen."

„Wie hat die Piratin dann einen Schatz dort verstecken können?", frage ich sofort.

Maeve lacht. „Das ist eine gute Frage. Ich habe keine Ahnung. Vielleicht ist das nur eine Geschichte, die erfunden wurde, um die Gegend noch anziehender für Touristen zu machen."

„Die sich dann in Gefahr begeben, weil sie das überprüfen wollen?" Ich runzle die Stirn. „Kommt mir nicht wie eine gute Idee vor."

„Das stimmt. Wahrscheinlich wird deshalb auch nicht überall offiziell damit geworben. Ich weiß auch gar nicht, warum ich Ihnen das erzählt habe." Sie zuckt mit den Schultern und setzt die Besichtigung der Wohnung fort. „Hier ist die Küche. Bitte fühlen Sie sich wie zuhause. Ich zeige Ihnen nachher alles genauer, damit Sie wissen, was wo ist."

Der helle Holzfußboden zieht sich vom Wohnzimmer über eine Essecke bis in die Küche, die nur durch eine halbe Wand abgetrennt ist. Soweit ich sehen kann, ist sie modern ausgestattet und hat alles, was man sich für seine Kochkünste wünschen kann. Ich kann ganz gut kochen, es entspannt mich und macht mir Spaß, auch wenn ich es in letzter Zeit vernachlässigt habe.

Maeve führt mich wieder in den hellen Flur, von dem aus noch drei Türen abgehen. „Das hier ist mein Schlafzimmer. Daneben ist das Bad und am Ende des Flurs finden Sie das Gästezimmer."

Sie öffnet die Badezimmertür und ich sehe ein Spa! Dunkle Schieferfliesen auf dem Boden und in der Dusche, in der man locker zu zweit Platz hat. Ein großes Waschbecken mit einem mattschwarzen Hahn. Darüber ein beleuchteter Spiegel. Unter dem Fenster mit einmaligem Blick auf die Berge steht eine freistehende weiße Badewanne.

„Die sieht sogar groß genug für mich aus", murmle ich.

Maeve mustert mich grinsend. „Ich glaube schon. Ich habe extra eine genommen, in der ich richtig viel Platz habe. Ich mag es, wenn ich ganz untertauchen kann."

„Ich auch. Ist bei mir selten genug." Ich grinse ebenfalls. „Ich würde gerne nachher ein Bad nehmen, bevor ich ins Bett gehe, wenn das okay ist?"

„Selbstverständlich. Ich habe Ihnen schon große Handtücher hingelegt. Mit einem schicken Bademantel kann ich allerdings nicht dienen, aber vielleicht leiht Mary Ihnen ja einen." Sie zwinkert mir zu. „Natürlich nur, wenn Sie versprechen, ihn wieder abzugeben. Nicht, dass Sie unsere Verbrecherstatistik wieder in die Höhe treiben."

„Mir reichen erstmal Handtücher, vielen Dank", erwidere ich lachend und folge ihr zu meinem Zimmer.

„Es ist nicht besonders groß, tut mir leid", entschuldigt Maeve sich unnötigerweise. „Aber ich hoffe, dass Sie sich hier wohlfühlen und trotzdem gut schlafen. Sie sehen müde aus."

„Das bin ich auch. Und was die Größe angeht …" Neugierig sehe ich mich in dem Zimmer um. Neben dem Queensize-Bett gibt es einen Schrank und sogar einen kleinen Schreibtisch vor dem Fenster, das ebenfalls einen fantastischen Ausblick auf die Berge zeigt. „Das passt schon. Ich habe schon in deutlich kleineren Zimmern geschlafen."

„Ich lasse Sie jetzt auspacken und gehe nach unten die Kasse machen. Wenn Sie etwas brauchen, rufen Sie mich einfach oder gucken selbst nach. In der Küche dürfen Sie alle Schränke aufmachen, bis auf den roten neben dem Kühlschrank."

„Was ist in dem roten Schrank?", frage ich sofort.

Sie lacht. „Das ist geheim. Sonst dürften Sie ja hineinsehen."

„Klingt logisch. Also gut. Ich werde meine

Neugierde zähmen und vielleicht doch direkt erstmal ein Bad nehmen. Kann ich hier im Dorf nachher irgendwo etwas zu essen bekommen?"

Sie nickt. „Paddys Pub ist die Straße runter, aber ich koche sowieso etwas. Sie können also gerne mit mir zu Abend essen. Vielleicht können wir dabei auch gleich über die nächsten vier Wochen sprechen."

Ich nicke. „Danke. Das kommt mir sehr entgegen. Meine Lust, nochmal rauszugehen, ist gerade verschwindend gering."

„Dann ist es abgemacht. Kommen Sie erstmal an, Tom. Wir sehen uns dann nachher." Und mit den Worten dreht sie sich um und verlässt mein Zimmer.

Ich höre sie durch den Flur gehen, während ich meinen Koffer auf das Bett hieve und auspacke, was ich für heute brauche. Ich habe noch nicht entschieden, ob ich hierbleibe oder mir eine andere Unterkunft suche.

Maeve scheint nett zu sein und ich bekomme hier hautnah mit, was im Dorf passiert. Das ist eine einmalige Chance. Andererseits weiß ich nicht, ob ich hier in Ruhe arbeiten kann und ob es mir für einen Monat reicht, nur ein kleines Zimmer für mich zu haben.

Seufzend nehme ich meine Kulturtasche, schnappe mir die Handtücher und gehe ins Bad. Maeve hat sogar eine Fußbodenheizung installiert, wie ich beeindruckt feststelle, und sie hat mir noch einen kleinen Hocker hingestellt, damit ich meine Sachen ablegen kann. Sehr aufmerksam.

Ich lasse das Wasser einlaufen und betrachte mich kurz im Spiegel. Augenringe wie ein Panda und einen Dreitagebart. Ich sehe echt fertig aus und grinse mir noch einmal zu, bevor ich mein Handy aus der Tasche ziehe und Betty schreibe.

Ich habe Primrose Cove doch noch gefunden. Die Landschaft ist der Wahnsinn! Sowohl von der Schönheit als auch von der Gefährlichkeit der Straßen. Woher wusstest du, dass ich einen Geländewagen brauchen werde?

Sie schickt einen Smiley und einen Daumen nach oben.

Ich habe immer an dich geglaubt, Tom! Mein Cousin Jeremy war letztes Jahr in Irland und hat mir von den Straßen erzählt. Ich dachte, es ist die sicherste Variante, wenn du nicht nur in Dublin fährst.

Das erklärt einiges. Ich grinse. *Du bist ein Schatz, Betty. Ich war noch nie so froh wie heute, dass es solche Wagen gibt.*

Gerne. Wie ist deine Unterkunft und was macht der schrullige Buchhändler?

Grinsend tippe ich meine Antwort.

Der schrullige Buchhändler heißt Maeve und sieht aus wie eine erwachsene Version von Merida. Rote wilde Locken und grüne Augen, die einen in den Bann ziehen.

Ich starre auf die Worte und stutze. Dann lösche ich den letzten Satz wieder und schreibe stattdessen:

Ihr gehört die Wohnung über dem Laden, aber sie hat mir ihr Gästezimmer angeboten.

Ich sehe, dass Betty schreibt und aufhört und

wieder schreibt und wieder aufhört. Schließlich kommt ihre Antwort.

Klingt interessant.

Dafür hat sie aber lange gebraucht. Ich kann mir ein weiteres Grinsen nicht verkneifen. *Nicht, was du denkst.*

Ich würde mir nie erlauben, etwas über meinen Chef zu denken.

Ich schicke ihr einen Smiley, der die Zunge herausstreckt.

Sie antwortet mit einem Heiligenschein. *Aber im Ernst, Tom. Das klingt doch nett. Genieß die Zeit einfach, du hast schon lange keinen Urlaub mehr gehabt.*

Das ist kein Urlaub.

Nutze die Zeit als Urlaub. Du kannst sowieso nicht weg, ohne das Erbe zu verlieren.

Ich schicke ihr ein Foto von der Badewanne und der Aussicht. Der Berg hinterm Haus ist in glutrote Abendsonne getaucht und es sieht fast unwirklich schön aus. *Jetzt, wo du es sagst. Du hast recht. Und es gibt Schlimmeres.*

Wow, das sieht aus wie ein Luxusressort! Für den Ausblick allein kannst du auf den Wert vom Haus nochmal 50.000 draufschlagen. Ich bin ein bisschen neidisch.

Ich lächle unwillkürlich. *Ich habe mir deine Zahlen noch gar nicht angesehen. Mache ich morgen gleich und melde mich dann wieder. Falls etwas ist, kannst du mich jederzeit anrufen!*

Das weiß ich, Tom. Ich habe hier alles unter Kontrolle. Die letzte Papierlieferung ist auch gekommen, nachdem ich Brian ein bisschen Feuer unter dem Hintern gemacht habe. Wenn sonst nichts Wichtiges ist, werde ich dich aber nicht behelligen. Genieße dein Bad.

Sie schickt passende Emojis mit Feuer und Wanne.

Lachend schreibe ich zurück.

Du bist also mal wieder Wonder Woman. Danke dafür. Ohne dich könnte ich nicht ruhig schlafen. Ich werde das Bad definitiv genießen!

Mit einem winkenden Emoji verabschieden wir uns wie immer und ich ziehe mich aus, um in die Badewanne zu sinken.

Vorher gebe ich noch einen Schuss meines Duschgels in das Wasser. Ich will Maeves Badezusätze nicht ungefragt benutzen. Aber es geht auch so. Wohlig lehne ich mich zurück und lasse meinen Blick nach draußen schweifen. Das Fenster ist nicht gefrostet, aber es ist hier auch weit und breit niemand, der hereinschauen könnte. Wie angenehm. Ich bemerke, wie das warme Wasser mich tatsächlich entspannt, und lasse mich etwas tiefer sinken.

Die Wanne ist perfekt. Die meisten Wannen sind zu klein für mich und in meiner Wohnung in Boston ist leider kein Platz für eine so große Wanne. Seufzend rolle ich meinen Kopf etwas hin und her. Vielleicht sollte ich doch hierbleiben? Es kostet mich nicht viel, auch wenn ich Maeve natürlich etwas geben werde für meinen Aufenthalt. Aber das ist ja nichts im Vergleich zu einem Hotel. Und außer in einer Luxusunterkunft hätte ich wahrscheinlich auch nirgends ein Bad, was es auch nur annähernd mit diesem aufnehmen kann. Ja, ich nicke mir selbst zu. Das klingt doch nach einem Plan.

KAPITEL 5

MAEVE

Heute war nicht viel Geld in der Kasse, aber das schwankt in der letzten Zeit sowieso mehr als sonst. Die Leute haben alle nicht mehr so viel Geld und auch Bücher werden immer teurer. Ich habe schon überlegt, etwas mehr gebrauchte Bücher anzubieten, damit ich meinen Kundinnen und Kunden die Entscheidung leichter machen kann, etwas zu kaufen. Mal sehen, was die nächste Zeit so bringt. Bevor ich weiß, was überhaupt mit dem Fairytale passiert, ändere ich aber natürlich gar nichts. Ich habe keine Ahnung, was Tom sich vorstellt, aber vielleicht finde ich das beim Abendessen heraus.

Ich höre leise, entspannte Jazzmusik aus dem Bad, als ich wieder hochkomme. Lächelnd gehe ich in die Küche und beginne, das Abendessen vorzubereiten.

Ich stelle mir auch Musik an und summe mit, als ich meine Sachen inspiziere. Für mich selbst hätte ich heute wahrscheinlich nur schnell Nudeln gemacht, aber ich kann Tom vielleicht ein bisschen beeindrucken, wenn ich mir etwas mehr Mühe gebe. Dabei fällt mir ein, dass ich gar nicht weiß, ob er alles essen kann oder will.

Ich laufe in den Flur und stelle mich vors Bad. „Tom, entschuldigen Sie, dass ich Sie störe, aber ich wollte fragen, ob Sie alles essen können?“ Ich grinse. „Oder wollen?“

„Alles okay“, höre ich seine tiefe Stimme. „Danke, dass Sie fragen. Ich bin sehr pflegeleicht, was das angeht. Außer, wenn Sie mir solche exotischen Köstlichkeiten wie fermentierten Fisch, Durianfrucht oder tausendjährige Eier anbieten wollen, freue ich mich über alles.“

„Verdammt, jetzt muss ich mein Menü doch umplanen!“, sage ich traurig und höre ihn laut lachen. „Keine Sorge, Tom. Ich werde schon etwas anderes finden.“

„Ich freue mich darauf.“

„Gut. Lassen Sie sich ruhig noch etwas Zeit. Dann muss ich mich beim Kochen auch nicht hetzen.“

„Perfekt. Bis nachher.“

Ich gehe wieder in die Küche zurück und hole die

Auflaufform und verschiedene Zutaten hervor. Kartoffeln, Karotten, Brokkoli, Zwiebeln, Speckwürfel und Geflügelfond. Ich habe auch noch zwei Hühnerbrustfilets.

Ich lasse den Ofen vorheizen, den ich auf Hüfthöhe habe einbauen lassen, worüber ich mich jedes Mal wie ein Plätzchen freue. Dann stelle ich eine Pfanne auf dem Herd auf und röste Knoblauch leicht in etwas Olivenöl, während ich anfange, die Sachen zu schnippeln.

Als alles fertig ist, schichte ich das Gemüse und die Fleischstücke abwechselnd in die Auflaufform. Dazu Kräuter und Gewürze, so entsteht eine bunte Mischung aus Aromen. Anschließend übergieße ich alles mit dem Geflügelfond und gebe geriebenen Käse darüber, bevor ich die Form in den Ofen schiebe.

Der Duft von gebratenem Speck verbreitet sich im ganzen Raum, als ich ihn auf der Pfanne auslasse und nebenbei noch ein paar Pinienkerne röste. Langsam bekomme ich Hunger. Ich wasche den frischen Feldsalat und mache ihn mit dem Speck, den Pinienkernen und einer Vinaigrette an und stelle ihn zur Seite, damit er ein bisschen durchziehen kann. Zur Feier des Tages suche ich einen Rotwein aus und dekantiere ihn. Falls Tom keinen trinken will, werde ich mir auf jeden Fall ein Gläschen genehmigen.

***

Tom hat sich tatsächlich Zeit gelassen, scheint aber

einen guten Riecher zu haben, denn er erscheint in der Küche, kurz bevor das Essen fertig ist, und schaut mir über die Schulter bei meinen letzten Handgriffen.

„Es duftet wundervoll, Maeve. Mir läuft das Wasser im Mund zusammen."

Ich drehe mich zu ihm um und muss mich zusammenreißen, um nicht das Gleiche zu antworten. Er riecht fantastisch. Männlich, markant und nach einem teuren Aftershave, dessen Name mir nicht einfällt, das aber perfekt zu ihm passt. Er hat sich rasiert, was sein energisches Kinn noch betont. Seine Haare sind nass und eine Strähne fällt ihm in die Stirn. Er trägt einen kobaltblauen Kaschmirpullover und eine helle Chino-Hose. Meine Güte, er sieht aus wie ein wahrgewordener Romanheld! Sowas müsste eigentlich verboten werden! Ich bemerke, dass er amüsiert eine Augenbraue hebt.

„Äh … danke", sage ich mit einiger Mühe.

„Kann ich Ihnen noch bei etwas helfen?", fragt er.

Ich überlege kurz, ob die Antwort ‚Ja! Küss mich!' angemessen ist? Reiß dich zusammen, Maeve! Du bist doch kein Teenager mehr! „Vielleicht könnten Sie schon mal den Tisch decken? Die Teller finden Sie links über dem Herd."

„Mach ich sofort."

Er hebt den Arm, um die Schranktür zu öffnen, und sein dünner Kaschmirpullover gibt einen kurzen, aber sehr vielversprechenden Blick auf seinen Bauch frei. Mr. Artisan treibt also Sport, notiere ich mit einem Grinsen im Geist, während ich die

Salatschüsseln und das Besteck raushole. „Wenn Sie möchten, können Sie uns ein Glas Wein einschenken. Falls Sie keinen Wein möchten, steht auch eine Flasche Wasser auf dem Tisch. Setzen Sie sich bitte schon. Ich bringe das Essen gleich rüber.“

„Sehr gerne.“

Tom nimmt zwei Gläser aus der Vitrine und den Wein mit zum Esstisch und stellt beides hin, bevor er Platz nimmt und mich beobachtet. Ich wünschte, es wäre noch hell draußen, sodass er die Aussicht genießen würde, statt mich anzusehen, aber da ist jetzt nichts zu machen. Es ist zu dunkel.

TOM

Maeve hat ihre Haare zu einem Knoten hochgesteckt, aber ein paar vorwitzige Strähnen fallen ihr immer wieder ins Gesicht. Sie pustet sie beiläufig weg, was überhaupt nicht aufgesetzt wirkt, und dadurch irgendwie sexy ist. Das Essen riecht wirklich lecker und ich bin gespannt, wie es schmeckt. Während sie den Auflauf aus dem Ofen holt, beobachte ich ihre Bewegungen.

Sie hat eine lässige Geschmeidigkeit, die davon zeugt, dass sie sich wohl in ihrer Haut fühlt. Das ist keinesfalls selbstverständlich und deshalb fällt es mir auf. Ich kenne kaum Frauen, die mit sich zufrieden sind. Egal, welche Körperform sie haben. Sehr schlanke Frauen wollen oft Kurven, mollige Frauen wollen schlank sein. Große Frauen wollen klein und zierlich sein. Kleine Frauen wären lieber groß. Fast immer gibt es etwas, was sie an sich nicht mögen, und die Gesellschaft und die Werbung suggeriert ihnen auch von frühester Kindheit an, dass sie einem perfekten Bild entsprechen und nacheifern sollen, das es einfach nicht gibt. Selbst Topmodels sind mit sich und ihrer Figur oft unzufrieden. Das weiß ich, weil ich ein paar gedatet habe.

Maeve sieht nicht aus wie ein Topmodel, aber das tun die wenigsten Frauen und sie müssen es auch gar nicht. Die Ausstrahlung ist viel wichtiger als das Aussehen, auch wenn uns die sozialen Medien etwas anderes einreden wollen. Aber wie schnell ist ein Bild photogeshoppt und bearbeitet.

Ich mag Maeves Humor. Dass sie vorhin auf meinen kleinen Essenswitz eingestiegen ist, finde ich wundervoll. Meine letzte Beziehung, wenn man es so nennen will, ist unter anderem daran gescheitert, dass wir einfach nicht den gleichen Humor hatten. Celia hat so oft nicht verstanden, was ich gemeint habe, wenn ich einen Witz gemacht habe, und das ist auf Dauer sehr anstrengend. Okay, und vielleicht habe ich auch ein bisschen zu viel Zeit im Verlag verbracht, sodass sie sich vernachlässigt gefühlt hat.

Meine Gastgeberin balanciert die Auflaufform zum Tisch, aber ich sehe, dass wir keinen Untersetzer haben. „Moment! Ich hole noch etwas, worauf Sie die Form platzieren können." Ich springe auf und schnappe mir ein Holzbrett, das auf der Kücheninsel liegt.

„Danke." Erleichtert stellt Maeve den Auflauf ab.

„Das passiert mir immer wieder." Sie kichert. „Meistens muss ich also zweimal hin und her laufen mit dem heißen Ding."

„Jetzt haben Sie ja mich", sage ich lächelnd.

„Stimmt. Sehr praktisch." Sie geht trotzdem nochmal in die Küche.

„Was habe ich vergessen?" Ich runzle die Stirn.

„Wir brauchen einen großen Löffel. Es ist immer so mühsam, mit den Gabeln kleine Stücke herauszufischen. Aber wenn Sie das lieber so essen?" Sie zwinkert mir zu.

„Nein, danke. Ich nehme auch gerne eine richtige Portion."

„Sehen Sie. Wir verstehen uns."

Sie kommt zurück mit einem Löffel und einem Spatel und füllt unsere Teller, die ich ihr hinhalte. Wir sind eingespielt, als hätten wir das schon häufiger getan.

Schließlich sitzt sie auch und ich hebe mein Glas. „Vielen Dank, dass Sie mich hier aufnehmen, Ihr fantastisches Spa benutzen lassen und mich auch noch bekochen. Ich könnte nicht glücklicher sein mit der irischen Gastfreundschaft."

Maeve hebt ihr Glas ebenfalls und stößt mit mir an. „Sehr gerne. Außerdem sind Sie ja jetzt quasi mein Chef, da sollte ich Sie besser bei Laune halten."

Das klingt nur halb spaßhaft.

Ich räuspere mich. „Die Situation ist auch für mich

ungewöhnlich. Ich kannte meinen Großonkel wahrscheinlich weniger als Sie.“

Fragend sieht sie mich an und ich seufze. Ich versuche schon fast mein ganzes Leben lang zu vermeiden, mit anderen Menschen außer meinem Therapeuten darüber zu sprechen, aber es fühlt sich so an, als ob ich bei Maeve eine Ausnahme machen sollte. Und vielleicht ist es auch gut, sie nicht im Dunkeln zu lassen.

„Sie müssen nicht darüber reden, wenn Sie nicht wollen“, sagt sie sanft.

Erstaunt sehe ich sie an.

„Es sah so aus, als ob es eine schmerzhafte Erinnerung ist, und ich will Sie nicht bedrängen. Lassen Sie uns doch erstmal essen. Erzählen Sie mir, was Sie beruflich machen? Ich gestehe, ich habe erst heute überhaupt von Ihnen erfahren.“

Dankbar steige ich auf ihren Themenwechsel ein. „Ich bin Verleger.“

„Hören Sie auf! Wollen Sie mich veräppeln? Wir sind in der gleichen Branche tätig?“ Verblüfft deutet sie mit ihrer Gabel auf mich.

„Muss ich mich fürchten? Ist das ein Angriff?“ Ich halte Messer und Gabel gekreuzt vor mich.

Maeve lacht herzhaft und lässt ihre Gabel sinken. „Tut mir leid. Ich bin nur völlig von den Socken. Damit habe ich nicht gerechnet. Erzählen Sie! Wie heißt ihr Verlag? Was für Bücher verlegen Sie? Vielleicht führen wir ja sogar welche von Ihnen?“

Grinsend lege ich mein Messer weg und probiere einen Bissen des Auflaufs. „Schmeckt toll!"

„Lenken Sie nicht ab, Tom. Verlegen Sie Erotik oder wieso wollen Sie nicht darüber sprechen?", sprudelt es aus ihr heraus.

„Ich bin hungrig und das Essen riecht so lecker, dass ich nicht widerstehen kann", verteidige ich mich lachend.

„Oh, ja. Tut mir leid. Ich wollte Sie ja essen lassen. Ich bin nur gerade so aufgeregt. Ich glaube, ich habe noch nie einen Verleger persönlich getroffen. Immer nur die Verlagsvertreter."

Ich nicke und nehme noch einen Bissen. „Der Auflauf ist wirklich fantastisch. Artom Publishing ist auf Krimis und Thriller spezialisiert, wobei ich mir seit Monaten überlege, neue Genres aufzunehmen und unser Angebot zu erweitern."

Maeves Augen werden groß. „‚Die Seele so schwarz'! Sie haben Doriana Gray unter Vertrag? Wahnsinn! das Buch ist ein internationaler Bestseller."

„Stimmt. Das war unser bisher größter Erfolg."

„Ich weiß gar nicht, was ich sagen soll. Ich bin total geplättet. Und warten Sie, Dorianas Mann hat doch auch ein Buch geschrieben. ‚Das Geheimnis der Mühle am See' oder so?"

„Das Geheimnis des Mühlenbachs", korrigiere ich Maeve und seufze unwillkürlich.

„Das ist fantastisch, Tom. Ich bin ganz aufgeregt. Vielleicht könnten Sie ja eine Lesung bei uns arrangieren? Das würde unserem kleinen Märchenfest einen ungeahnten Glanz verleihen."

„Ich bin mir nicht sicher, ob die Genres sich so vertragen. Märchen sind die Bücher beileibe nicht", werfe ich ein.

„Natürlich nicht. Es heißt nur Märchenfest, weil es sich daraus entwickelt hat und viel für die Kinder gemacht wird. Aber wir haben auch jede Menge Spannendes für Erwachsene."

Sie strahlt mich an und ich sehe ihre Begeisterung. Ich presse kurz die Lippen zusammen, bevor ich ihre Hoffnung zerstöre. „Es tut mir leid, Maeve, ich würde Ihnen wirklich gerne helfen, aber …" Ich trinke einen Schluck Wein, um zu überlegen, wie ich es formulieren soll. „Doriana und Charles Gray sind nicht mehr daran interessiert, für Artom zu arbeiten. Also kann ich da leider nichts für Sie tun."

„Oh, natürlich. Das tut mir leid. Entschuldigen Sie, Tom. Ich hätte Sie nicht so überfallen sollen. Da ist es mal wieder mit mir durchgegangen."

Ich schüttle den Kopf. „Sie müssen sich nicht entschuldigen. Sie können es ja nicht wissen. Es ist auch noch gar nicht öffentlich, aber die beiden sind zu Creepbooks gewechselt. Das ist unser größter Konkurrent und ein Verlag, der seit Jahren versucht, uns aufzukaufen."

Maeve wird still, aber ich spüre, dass sie etwas sagen möchte. Fragend sehe ich sie an, aber sie isst erst ein paar Bissen.

„Creepbooks hat keinen besonders guten Ruf bei

uns Buchhändlern. Sie halten Zusagen nicht ein und drohen sofort mit ihren Anwälten, wenn man dagegen protestiert. Ich kann mir fast nicht vorstellen, dass sie ihre Autoren besser behandeln“, sagt sie schließlich.

„Mit deren Anwälten habe ich auch gerade Bekanntschaft gemacht“, entfährt es mir.

„Also keine friedliche Trennung?“ Maeve sieht mich mitfühlend an.

Ich schüttle den Kopf. „Leider nicht.“

„Also ein heikles Thema.“ Sie lächelt schief. „Vielleicht geben Sie einfach ein Thema vor, damit ich nicht in noch mehr Fettnäpfchen trete?“

Ich seufze und hole tief Luft. Ich merke jetzt, wie angespannt ich von den letzten Monaten bin. Kurz überlege ich, einfach alles für mich zu behalten, aber dann entscheide ich mich dagegen. Maeve macht nicht den Eindruck, als ob sie zur nächsten Zeitung rennen würde, wenn ich ihr die Wahrheit erzähle, und es wird mir gut tun, mich mal zu öffnen. Hat mir mein Therapeut auch immer wieder geraten. Ich nehme noch einen Schluck Wein und mustere Maeve nachdenklich.

MAEVE

Zwei Fettnäpfchen in nicht ganz zehn Minuten, das ist selbst für mich Rekord. Zu meiner Verteidigung kann ich aber anbringen, dass ich natürlich nicht wissen konnte, dass sowohl sein Onkel als auch der Verlag wunde Punkte sind.

Tom ist also Verleger. Und nicht nur irgendeiner. Artom Publishing hat sich in den letzten Jahren einen exzellenten Ruf erarbeitet. Die Bücher sind qualitativ hochwertig. Nicht nur vom Druck und der Ausstattung, sondern natürlich vor allem inhaltlich. Krimi und Thriller sind nicht meine Lieblingsgenres, aber als Buchhändlerin bin ich selbstverständlich auf dem Laufenden, was die Bestseller und vielversprechendsten Neuerscheinungen angeht. Und außerdem habe ich Jack, meinen treuesten Kunden, der einen monatlichen Lesezirkel bei uns im Fairytale organisiert und begeisterter Krimileser ist und mich immer mit guten Tipps füttert.

Tom sieht nachdenklich und traurig aus. Dass die Grays den Verlag gewechselt haben und sich jetzt wahrscheinlich rausklagen wollen, nimmt ihn offensichtlich sehr mit. Und sein Onkel scheint auch ein heikles Thema zu sein. Ich bin gespannt, welches Thema er auswählen und als ungefährlich einstufen wird. Bis er sich entscheidet, esse ich in Ruhe weiter. Der Auflauf ist wirklich gut geworden.

„Arthur O'Brien war der Onkel meiner Mutter", beginnt Tom schließlich leise. „Nachdem meine Eltern und Großeltern bei einem Bootsunfall ums Leben gekommen sind, war er mein einziger Verwandter."

Erschüttert sehe ich auf. „Wie schrecklich. Das tut mir sehr leid, Tom."

„Danke, Maeve. Ich war sieben und an dem Wochenende, an dem es passierte, bei einer Übernachtungsparty eines Klassenkameraden eingeladen. Ich werde nie den Moment vergessen, als der Polizist vor der Tür auftauchte. Wir waren alle ganz aufgeregt, einen echten Polizisten zu sehen und bestürmten ihn mit Fragen."

Er lacht bitter und ich kann mir gar nicht vorstellen, wie traumatisch das gewesen sein musste.

„Er war sehr nett und hat mich beiseitegenommen und mir gesagt, dass es einen Unfall gegeben hat und meine Familie nicht zurückkommt." Tom nimmt noch einen Schluck Wein. „Ich habe gedacht, es wäre ein Spiel oder irgendein komischer Streich. Bis meine Eltern mich nicht abgeholt haben … nein, eigentlich bis zur Beerdigung."

„Wer hat sich in der Zeit um Sie gekümmert?", frage ich sanft.

„Die Eltern meines Klassenkameraden waren so freundlich, aber sie konnten mich nicht für immer aufnehmen. Und ich hatte ja eigentlich auch noch Verwandtschaft."

Ich schweige. Es muss so schlimm gewesen sein, seine engste Familie zu verlieren. Auf einen Schlag Waisenkind. Wenn sowas hier im Dorf passieren würde, würde das ganze Dorf einstehen und sich kümmern.

„Arthur hat abgelehnt, mich zu sich zu holen. Er hätte keine Zeit, sich um ein Schulkind zu kümmern, und er hätte auch nicht das Geld, um für mich zu sorgen. Das war jedenfalls die offizielle Aussage, die ich bekommen habe. Sie verstehen also, warum ich ziemlich überrascht war, als ich von der Erbschaft erfahren habe.“

Tom nimmt seine Gabel wieder in die Hand.

„Ja, das verstehe ich. Aber nicht, warum Arthur Sie so behandelt hat.“ Ich bin empört. „Sie waren ein traumatisiertes Kind!“

„Tja, ist halt nicht jeder ein Familienmensch“, sagt Tom lapidar.

„Wohl wahr. Aber trotzdem! Ich wäre stinksauer!“

„Bin ich auch. Nein, war ich.“ Tom zuckt mit den Schultern. „Ich habe meinen Frieden damit gemacht, und das Waisenhaus, in dem ich aufgewachsen bin, ist wirklich weit entfernt von all den schrecklichen Geschichten, die wir im Kopf haben, wenn wir das Wort hören.“

Jetzt lächelt er. Ein warmes von Herzen kommendes Lächeln.

„Mrs. Sharingham hatte damals gerade als Erzieherin angefangen und hat sich sehr liebevoll um mich gekümmert. Heute leitet sie das Heim und wir sind immer noch in Kontakt.“

„Dann muss ich also nicht dauernd an Oliver Twist denken, wenn Sie weitererzählen.“

Er schüttelt den Kopf. „Auf keinen Fall, deshalb habe ich das sofort erwähnt. Mrs. Sharingham ist eher wie Mary Poppins, wenn wir bei Romanvorlagen bleiben wollen.“

„Das freut mich.“

„Ja, mich auch. Ich weiß, dass ich Glück im

Unglück hatte. Deshalb ist es mir auch ein Anliegen, das Waisenhaus vor der Zwangsversteigerung zu retten. Es liegt in der Innenstadt und Bauspekulanten wollen sich das Grundstück schon lange unter den Nagel reißen. Meine Zusage habe ich allerdings gemacht, bevor ich wusste, dass meine beiden Top-Autoren ihre nächsten beiden Bücher nicht bei mir herausbringen werden."

TOM

Maeve sieht mich verständnisvoll an. Ich spüre, dass meine Geschichte sie mitnimmt, aber sie hat keine Plattheiten von sich gegeben, wie es so viele gemacht haben in den Jahren, als ich noch darüber gesprochen habe.

„Ich kann mir vorstellen, dass die Nachricht der Erbschaft dann gerade recht kam", sagt sie nachdenklich.

„Auf jeden Fall. Die letzte Zeit war schwierig für den Verlag. Ich erzähle Ihnen das nicht, um Mitleid zu erhaschen. Es ist einfach so, dass ich ehrlich mit Ihnen sein will." Ich seufze. „Das Geld aus der Erbschaft werde ich auch dafür brauchen, um meine Mitarbeiter zu finanzieren und den Verlag das nächste Jahr über Wasser zu halten."

Sie lächelt mich an. „Sie sind ein guter Mann, Tom."

„Das wissen Sie doch gar nicht. Vielleicht trete ich

kleine Hunde und beschimpfe Fremde im Internet", murmle ich. „Ich habe keinen Heiligenschein."

Ihr Lachen ist spontan und ansteckend. „Das kann ich mir nicht vorstellen. So jemand würde sich keine Gedanken darüber machen, wie er eine Zusage einhält, die ihn in den finanziellen Ruin treiben könnte."

„Also einigen wir uns darauf, dass ich vielleicht ganz anständig bin." Ich zwinkere ihr zu.

„Das ist auf jeden Fall ein guter Anfang." Sie hebt ihr Glas. „Darauf trinke ich."

Wir stoßen an und essen weiter, während ich sie jetzt ein bisschen über ihr Leben ausfrage.

Ihre Eltern wohnen auch in diesem Dorf. Ihre Mutter ist Schneiderin, deren guter Ruf weit über Primrose Cove hinausreicht. Ihr Vater ist Anwalt. Der Anwalt, der überprüft, ob ich die Bedingungen des Erbes einhalte. Das ist praktisch.

Außerdem erfahre ich, dass Maeve Literatur und Betriebswirtschaft in Galway studiert hat und nach dem Studium zurückgekommen ist, um ihre Eltern zu unterstützen, nachdem ihre Mutter von einem Auto angefahren worden war. Sie hatte zwar wie durch ein Wunder keine Knochenbrüche, aber leider ein Schädel-Hirn-Trauma davongetragen und brauchte Hilfe bei vielen Dingen. Zum Glück geht es ihrer Mutter jetzt wieder besser. Aber Maeve hat festgestellt, dass sie lieber hier als irgendwo anders leben möchte, und hat ihrer Liebe zu den Büchern nachgegeben. Sie ist also geblieben, um das Fairytale mit Molly zu führen und nach ihr die Leitung zu übernehmen.

Wir unterhalten uns über unsere Lieblingsbücher und stellen fest, dass wir beide immer auf unseren Brief aus Hogwarts gewartet haben. Das ist der richtige Zeitpunkt, um Brüderschaft zu trinken und uns zu duzen.

„Natürlich wäre ich eine Gryffindor", sagt Maeve lachend und deutet auf ihre roten Haare. „Als Ehren-Weasley."

„Natürlich", stimme ich ebenfalls lachend zu. „Ich wäre wahrscheinlich ein Ravenclaw geworden."

„Das passt zu dir." Maeve legt den Kopf schief. „Intelligent, kreativ und individuell."

„Danke. Aber um nochmal auf das von vorhin zurückzukommen. Du hast gesagt, dass du den Laden seit einiger Zeit alleine führst?"

Sie nickt und erzählt, dass sie seit fünf Jahren alleine verantwortlich ist und was der Laden für sie und die Leute hier bedeutet. Ich merke, wie stark Maeve im Dorf verankert ist und wie sehr sie die Bewohner liebt. Mir schwirrt bald der Kopf von den vielen Namen, die ich morgen wahrscheinlich alle nicht mehr weiß. Ich kann ein Gähnen nicht unterdrücken.

„Langweile ich dich?", fragt sie mit einem Augenzwinkern.

„Nein, gar nicht. Ich könnte dir stundenlang zuhören. Wirklich. Das ist nur der Jetlag", beteuere ich.

„Das verstehe ich." Sie nickt. „Aber ich kann dich

nicht ins Bett gehen lassen ohne einen kleinen Nachtisch.“ Maeve steht auf, geht an den Kühlschrank und kommt mit ein paar kleinen braunen Kugeln wieder.

Neugierig sehe ich Maeve an. „Was ist das?“

„Das sind meine weltberühmten Schoko-Nuss-Kugeln.“ Auffordernd hält sie mir den Teller hin. „Da sind nur Datteln, Haselnüsse, Aprikosen, dunkler Kakao und ein bisschen Vanille drin.“

„Okay.“ Ich nehme eine und beiße hinein. Ein bisschen skeptisch, wie ich gestehen muss, aber das ist völlig unnötig – der Geschmack ist umwerfend. „Wow! Das hätte ich nicht erwartet!“, gebe ich zu.

Maeve grinst über das ganze Gesicht. „Lecker?“

„Absolut grandios! Danke. Das hätte ich wirklich nicht gerne verpasst. Was für ein schönes Betthupferl.“

„Jetzt darfst du schlafen gehen.“

„Ich helfe dir eben noch beim Abwasch. Du hast schließlich gekocht.“ Ich stehe auf und stelle unsere Teller zusammen. Für mich ist das selbstverständlich.

„Ach lass, Tom. Heute bist du vom Küchendienst befreit. Ich mach mir gleich Mittelaltermusik an und tue so, als ob ich meine Taverne schließe.“ Sie kichert. „Das habe ich mal im Internet gesehen und das gefällt mir richtig gut. So wird eine langweilige Arbeit irgendwie noch interessant.“

„Das ist lustig. Werde ich auch mal versuchen.“

„Außerdem habe ich eine Spülmaschine und du siehst aus, als ob du gleich im Stehen einschläfst. Also ab mit dir ins Bett und ich verspreche, ich wecke dich morgen auch nicht vor zwölf."

„Wahrscheinlich bin ich sowieso früher wach. Ich schlafe in letzter Zeit selten mehr als ein paar Stunden."

„Mit einem Jetlag und der guten irischen Luft wird sich das bestimmt ändern." Sie lächelt. „Wo hast du eigentlich geparkt?"

„Vor dem Supermarkt. Ich hoffe, dort werde ich nicht in die Verbrecherstatistik der Falschparker eingehen?"

„Nein, das ist okay. Dir droht keine Ausweisung."

„Puh, da bin ich aber erleichtert." Ich reiche Maeve die Sachen vom Tisch in die Küche.

„Jetzt hüpf ins Bett. Ich komme hier alleine zurecht. Wirklich. Und da wir uns das Bad teilen müssen, darfst du als Gast zuerst." Sie winkt mir nochmal zu und scheucht mich dann weg.

Ich winke ebenfalls und mache mich auf den Weg ins Bad.

MAEVE

Tom geht mir nicht aus dem Kopf, während ich die Küche aufräume. Ich wollte ihn doch nicht mögen, aber alles, was er mir von sich erzählt hat, und alles, was er gefragt hat, und wie er redet … es ist als würden wir uns schon ewig kennen und wir lachen wirklich über die gleichen Sachen.

Unser Geschmack, was moderne Literatur angeht, unterscheidet sich voneinander, aber er ist ein Mann, mit dem ich tatsächlich heiße Diskussionen über Bücher führen kann und der nicht entweder verwandt mit mir oder über 60 ist. Grinsend stelle ich die Musik in der Küche ab, gehe zum roten Schrank und nehme mein Manuskript heraus.

Meine heimliche Leidenschaft. Ich habe in der Zeit nach Mums Unfall angefangen zu schreiben und es ist mein liebstes Hobby und mein Ausgleich geworden. Noch habe ich niemandem im Dorf davon erzählt. Keine Ahnung, wieso. Nein, das stimmt nicht. Ich weiß genau, wieso. Aus Furcht, dass sie mich auslachen, wie Ben mich ausgelacht hat, als ich ihm gesagt habe, dass ich einen Liebesroman geschrieben habe. Unnütze Literatur und Schund hat er es genannt und wollte nicht mal wissen, worum es geht. Das hat ganz schön wehgetan und ich ärgere mich heute noch darüber, dass ich auf diesen Arsch überhaupt hereingefallen bin. Selbst, wenn Lesen seine schlimmste Strafe wäre, hätte er sich für mich freuen und mich unterstützen sollen. Verdammt. Wieso denke ich eigentlich schon wieder an Ben?

Ich seufze und gebe mir selbst die Antwort. Weil ich mit Tom seit langem mal wieder jemanden in meiner Nähe habe, der mein Interesse weckt. Interesse auf andere Weise als nur professionell.

Ich schüttle den Kopf. Das kann ja sowieso nur ein kleiner Flirt sein, er ist in vier Wochen wieder in Boston und verschwendet wahrscheinlich keinen

Gedanken mehr an Primrose Cove. Ein Gedanke, über den ich enttäuschter bin, als angemessen wäre. Ich nehme mir ein Schokobällchen, schnappe mir mein Manuskript, hole mir einen Stift und setze mich in meinen Ohrensessel.

Weil ich den Bollerofen nicht mehr anschmeißen will, kuschle ich mich in den Quilt von Granny und versinke in meiner Geschichte. Ich liebe meine Protagonisten und bin sofort wieder mittendrin in der turbulenten Liebesgeschichte, die an der wilden Küste Donegals spielt.

„Gute Nacht, Maeve, und danke für den schönen Abend“, höre ich eine tiefe Stimme aus dem Flur und schrecke zusammen. Ich war so konzentriert, dass ich Tom ganz vergessen habe. Hastig verstecke ich das Manuskript unter der Decke, drehe mich zur Seite und luge am Sessel vorbei. „Gute Nacht, Tom. Schlaf schön. Ich fand den Abend auch schön. Wenn du möchtest, können wir morgen einen kleinen Spaziergang machen? Ich habe nachmittags frei, Molly übernimmt nach der Kirche den Laden.“ Die Einladung ist spontan und ich verdrehe innerlich die Augen über mich. Noch mehr an den Hals schmeißen, kann ich mich schon fast nicht. Ich merke, wie ich rot werde, und hoffe, dass es Tom nicht auffällt.

„Das würde mich sehr freuen, Maeve. Vielleicht können wir uns das Herrenhaus ansehen? Dann weiß ich, was auf mich zukommt.“

„Das können wir gerne machen. Es liegt ein Stück den Berg hinauf. Der Blick von dort ist atemberaubend.“

„Fein. Dann bis morgen."

„Bis morgen." Er lächelt mich warm an, dann geht er in sein Zimmer und ich kehre nach Donegal zu meiner Geschichte zurück. Wenn das Leben nur so wäre, wie in meinen Liebesromanen. Ich seufze und muss dann kichern. Zumindest hat es mit Tom sehr vielversprechend angefangen. Ein Verleger und eine Buchhändlerin treffen sich. Immer noch leise lachend, zücke ich meinen Stift und mache mich wieder ans Korrekturlesen.

KAPITEL 6

TOM

Ich wache auf, als die Sonne warm auf mein Gesicht scheint. Ich brauche einen Moment, um mich zu orientieren, weil ich nicht in meinem eigenen Bett liege. Wohlig strecke ich mich und genieße das Gefühl der perfekten Temperatur unter der Decke. Das sind die Minuten, die einen Tag wunderbar beginnen lassen. Diese Zeit, in der einfach alles gut ist und es keine Sorgen gibt.

Leider dauert der Moment nicht so lang, wie ich es mir wünsche, weil das Tageslicht auch meine Probleme wieder mitbringt. Und nicht nur die bereits bestehenden, sondern auch noch neue. Ich habe

Maeve gestern nicht gesagt, dass ich die Buchhandlung und das Herrenhaus verkaufen muss, wenn ich das Waisenhaus retten will. Das Geld aus der Erbschaft ist für den Verlag verplant, da war ich ehrlich, aber ich habe herausgehört, dass Maeve so sehr an Fairytale Books hängt, dass ich es nicht übers Herz gebracht habe, ihr die Wahrheit zu sagen.

Das kommt also auf meinen Berg an Aufgaben, die zu bewältigen sind, noch hinzu. Mit einem Stöhnen ziehe ich mir die Decke über den Kopf und verkrieche mich noch für ein paar Minuten.

Als ich erneut aufwache, ist die Sonne weitergezogen und ein Blick auf mein Handy zeigt mir, dass es bereits halb 12 ist. Ich kann es nicht glauben. Ich kann mich nicht daran erinnern, wann ich das letzte Mal länger als fünf Stunden geschlafen habe. Egal, ob mit Unterbrechung oder ohne. Ich fühle mich tatsächlich ziemlich ausgeruht und bereit, den Tag zu beginnen. Ich lasse die Probleme erstmal Probleme sein, denn bei dem Ausblick auf die Berge, den ich auch von meinem Fenster aus habe, kann ich gerade nicht unglücklich sein. Mit einem Lächeln stehe ich auf und mache mich auf den Weg ins Bad.

MAEVE

Ich höre Tom oben herumlaufen. Nicht, weil er besonders laut ist, sondern weil er die fünf knirschenden Dielen nicht kennt. In jedem Zimmer gibt es eine Stelle, die hier unten ein leises Geräusch verursacht, und meine Ohren sind gut und vielleicht spitze ich sie auch seit heute früh, um nicht zu verpassen, wenn er aufsteht. Ich überlege gerade, ob ich kurz hochgehen und ihm zeigen soll, wo er etwas zum Frühstück findet, als Dad das Fairytale betritt.

„Hallo, mein Seestern.“ Er begrüßt mich wie immer mit meinem Kosenamen und einer Umarmung.

„Hi Dad, was führt dich her?“, frage ich lächelnd.

„Dein Gast. Ich dachte, ich stelle mich vor und sage ihm, was er wissen muss.“

„Was muss er denn wissen?“

Dad grinst. „Du warst schon immer ein neugieriges kleines Ding. Das bespreche ich aber am besten zuerst mit Mr. Artisan.“

Ich kichere. „Von wem ich das wohl habe? Erzähl mir nicht, dass du nicht sofort alle Neuigkeiten kennst und immer weißt, was vor sich geht in Primrose Cove. Genau wie Granny!“

„Deine Großmutter war eben eine sehr kluge Frau. Es ist wichtig, informiert zu sein.“

„Und nichts anderes versuche ich auch.“ Ich klimpere mit meinen Wimpern.

Lachend schüttelt er den Kopf. „Wenn Mr. Artisan es dir erzählt, ist es okay. Sonst wirst du wohl damit leben müssen, dass meine Lippen versiegelt sind.“

Ich lege meinen Kopf schief. „Das klingt ernst. Ist es so schlimm?“

„Nein, mein Seesternchen. Es ist nichts Schlimmes.

Er muss nur mindestens vier Stunden an fünf Tagen die Woche im Laden helfen." Mein Vater seufzt und verdreht die Augen, als ihm auffällt, was er getan hat. „Und das ist der Grund, warum ich es nur zu einem Dorfanwalt geschafft habe."

Lachend gebe ich ihm einen Kuss auf die Wange. „So ein Quatsch. Der Grund ist, dass du Granny nicht alleine lassen wolltest, mit Mum hier absolut glücklich bist und deine Ruhe haben willst. Du wärst brillant, egal wo du lebst und arbeitest!"

Jetzt grinst er. „Stimmt wohl, aber mir fehlt einfach der Ehrgeiz für eine Karriere. Ich bin lieber abends mit meiner Geige im Pub hier in Primrose Cove, als mit einem Staatsanwalt in einer schnieken Bar in Dublin."

„Eben und auch das hast du an mich vererbt. Wir Murphys sind bodenständig und hier in der Gegend verwurzelt." Ich lege einen Arm um seine Schulter. „Und das ist völlig okay. Ich möchte es gar nicht anders haben."

„Ich auch nicht." Er lächelt. „Ist Mr. Artisan schon wach?"

„Ich denke schon. Ich habe ihn vor ein paar Minuten in der Küche gehört."

„Dann gehe ich mal hoch." Mein Vater klopft auf die Aktentasche, die er mitgebracht hat.

„Mach das. Ich halte hier die Stellung." Ich hebe beide Daumen und grinse übertrieben breit.

Lachend macht er sich auf den Weg nach oben.

TOM

Maeve hat mir einen Zettel hinterlassen mit Anweisungen für Hedy, was bei mir zuerst für Verwirrung sorgt, weil ich nicht weiß, wer Hedy ist. Stellt sich heraus, dass es die Kaffeemaschine ist. Grinsend folge ich den Anweisungen und frage mich, wie viele der Namen, die Maeve bisher im Gespräch beiläufig erwähnt hat, wohl zu Gegenständen gehören. Der Kaffee duftet verführerisch und ich probiere einen Schluck, bevor ich einen Löffel von dem Zucker hineingebe, den Maeve schon auf die Kücheninsel gestellt hat.

Ich nehme das heiße Glück mit und stelle mich ans Fenster. Der Ausblick über den Berg und die grünen Wiesen hinunter aufs Meer ist unglaublich. Heute ist das Wasser ziemlich aufgewühlt und ich kann sogar die Gischt erkennen, die gegen die Felsen schlägt.

Ein Klopfen an der Tür schreckt mich auf. „Ich bin angezogen und vorzeigbar!“, rufe ich, ein bisschen verwundert, warum Maeve klopft. Denkt sie, ich laufe nackt in ihrer Wohnung herum?

„Das freut mich sehr, Mr. Artisan.“

Das ist definitiv nicht Maeve. Ich drehe mich um und sehe einen rundlichen Mann mit freundlichem Gesicht, einem roten Lockenkopf und grünen Augen. „Guten Morgen. Sie sind wahrscheinlich Mr. Murphy? Maeves Vater?“

„Nicht zu übersehen, nicht wahr? Ich bin sehr stolz, dass Maeve unsere Familientradition fortführt.

Wir sind berühmt für unsere Haare." Er kommt auf mich zu und reicht mir die Hand. „Mein Beileid zum Verlust Ihres Onkels."

Ich schüttle sie kurz. Er hat einen angenehmen Händedruck. „Danke, aber wir standen uns nicht sehr nahe. Sehr erfreut, Sie kennenzulernen, Mr. Murphy."

„Da wir die nächsten vier Wochen häufiger miteinander zu tun haben, nennen Sie mich einfach Michael. Wir sind in Primrose Cove nicht so förmlich."

„Das hat Maeve mir schon gesagt", erwidere ich grinsend. „Ich bin Tom."

„Perfekt, Tom. Also, ich komme gleich zur Sache. Du musst an fünf Tagen die Woche jeweils mindestens für vier Stunden im Buchladen aushelfen, damit die Bedingung erfüllt ist."

Lächelnd nehme ich zur Kenntnis, dass wir gleich zum Du übergegangen sind. Er legt seine Aktentasche auf den Tisch, der man den Zahn der Zeit ansieht. Das Leder ist abgegriffen, aber gut gepflegt. Offensichtlich wird sie sehr geliebt. Michael holt einen Stapel Papiere heraus.

„Das sind die offiziellen Unterlagen. Hier muss ich unterschreiben, dass du deine Stunden geleistet hast. Ich werde das aber hochoffiziell auf Maeve übertragen, denn sie weiß ja am besten, wann du arbeitest. Falls es dir recht ist natürlich. Sonst komme ich jeden Tag vorbei, was ich natürlich auch tun kann", fügt er schnell hinzu.

„Ist schon okay." Ich grinse. „Ich hoffe, Maeve ist

eine gnädige Chefin. Ich bin zwar aus der Branche, aber als Verleger sind meine Themen ja doch etwas andere.“

Michael lacht dröhnend. „Wahrscheinlich wirst du die erste Woche sowieso erstmal damit zu tun haben, das gesamte Dorf und, wenn ich mir dich so ansehe, wahrscheinlich auch das ganze County kennenzulernen. Du wirst die Leute in Scharen hierherlocken.“

Erschrocken sehe ich ihn an. „Moment mal. Ich bin also die neue Touristenattraktion? Ich dachte, ich soll als Buchhändler arbeiten.“

„Wir sind hier in Irland auf dem Land, mein Junge.“ Michael klopft mir grinsend auf die Schulter. „Wir haben alle mehrere Jobs.“

Lachend schüttle ich den Kopf. „Also gut. Wenn du in Rom bist, mache es wie die Römer, heißt es doch immer.“

Michael strahlt mich an. „Das ist die richtige Einstellung! Willkommen in Primrose Cove!“

MAEVE

Ich lausche, ob ich von oben etwas hören kann, aber bevor mich meine Neugier dazu bringt, hochzugehen, betreten Molly und Seamus den Laden.

„Es gibt also einen fremden hübschen jungen Mann in diesem Dorf“, kommt Molly gleich zur Sache.

Lachend umarme ich sie. Für Molly sind alle Menschen unter 70 jung und das schon, seit ich sie kenne. Nicht erst, seit sie selbst über 70 ist.

„Der Buschfunk funktioniert also wie immer einwandfrei. Von wem hast du es gehört?“, fragte ich, während ich auch Seamus umarme.

Mollys Mann ist ein schweigsamer Geselle, der aber alles für seine Frau tut. Sie sind seit Kindertagen unzertrennlich und haben einiges zusammen mitgemacht. Ihre Liebe ist heute noch so stark wie damals und sie sind einfach süß zusammen.

Seamus war Polizist und seit er im Ruhestand ist, begleitet er Molly überall hin, auch wenn sie mir im Laden aushilft. Er nickt mir zu und geht in die Küche, um einen Tee zuzubereiten. Das ist mittlerweile ein kleines Ritual. Er wird sich dann mit seinem Becher in den Sessel rechts an der Wand setzen und zufrieden ein Buch lesen, bis Molly fertig ist.

„Das zwitschern die Vöglein vom Dach“, erwidert Molly grinsend. „Und Jack hat den schneidigen jungen Mann gestern gesehen, als er geparkt hat. Das hat er eben nach der Kirche erzählt. Also kannst du damit rechnen, dass sämtliche Frauen hier gleich auftauchen werden, um sich selbst ein Bild zu machen.“

„Das habe ich mir schon fast gedacht.“

„Stimmt es denn?“ Neugierig sieht sie mich an.

„Stimmt was?“

„Maeve! Du weißt genau, was ich meine!“ Empört stemmt sie die Hände in die Hüften.

Unschuldig lege ich den Kopf schief, dann breche ich in Lachen aus. Natürlich weiß ich, was sie meint. „Also gut. Ich sag mal so, wenn Henry Cavill, der Schauspieler, der den Witcher und Superman gespielt hat, einen Zwilling hätte, könnte er so aussehen wie Tom."

Seamus kommt mit dem Tee und reicht auch mir einen Becher. „Ein Schönling also?", brummt er.

Kichernd nehme ich den Tee, dann schüttle ich den Kopf. „Nein, also ja, natürlich ist er schön. Aber er hat so eine klassische Schönheit und nicht so was Schnöseliges. Er wäre perfekt als Romanheld. Er sieht aus, als ob er einen Baum mit der Hand fällen könnte, während er dabei Gedichte von Byron zitiert."

Mollys Augen werden groß. „Ich weiß gar nicht, wann du das letzte Mal so von einem Mann geschwärmt hast, der es in die Realität geschafft hat."

„Das liegt daran, dass sich nicht so viele davon hier verirren." Ich seufze tief. „Oder sie schon vergeben sind wie Seamus."

Molly nickt zustimmend. „Da hast du natürlich recht. Seamus ist schon eine Ausnahme."

„Ach hör auf damit, Molly." Sichtlich berührt vom Kompliment seiner Frau gibt Seamus ihr einen Kuss und verzieht sich mit seinem Tee auf seinen Stammplatz.

Sie beugt sich näher zu mir. „Und wie ist er so? Typischer Städter und arrogantes, reiches Bürschchen?"

„Eigentlich nicht. Er ist wirklich nett und ganz anders als Mr. O'Brien. Total locker und mit einem guten Sinn für Humor."

„Dann werden die nächsten Wochen nicht so schlimm", stellt Molly erleichtert fest.

„Woher weißt du denn das schon wieder? Also, dass er ein paar Wochen bleibt?"

„Dein Dad hat gestern Abend im Pub Geige gespielt."

Ich lache laut. „Natürlich hat er das. Und natürlich wisst ihr dann alles." Es ist immer das Gleiche. In Primrose Cove bleibt nichts lange ein Geheimnis. Alles spricht sich schneller herum als der Schall und mein Dad kann einfach nichts lange für sich behalten.

„Hoffentlich sieht er ein, dass der Buchladen hierbleiben muss und setzt dich weiterhin als Geschäftsführerin ein. Und dein Gehalt könnte er auch mal erhöhen." Molly reibt Daumen und Zeigefinger aneinander.

„Eins nach dem anderen, Molly. Wir schauen mal, was sich so ergibt. Tom ist ja noch vier Wochen hier."

Die Tür geht auf und herein kommen Sandy und Brenna. Wir sind zusammen zur Schule gegangen und haben uns immer gut verstanden. Die beiden sind Künstlerinnen, die lange in Australien gelebt haben. Sie sind vor kurzem wieder nach Primrose Cove zurückgekommen, um hier eine Familie zu gründen.

„Wo ist der Traummann?", fragt Sandy laut. „Ich will sehen, ob er gut genug für unsere Maeve ist!"

„Sei leise, verdammt!", zische ich. Wohl wissend, dass das ganze Dorf das gleiche denkt, was Sandy gerade ausgesprochen hat.

„Wir wollen uns doch nur selbst ein Bild machen", entschuldigt Brenna ihre Frau.

„Ja, das ist ja auch schön und gut, aber müsst ihr das alle am ersten Tag machen?" Lachend schüttle ich den Kopf und scheuche sie wieder aus dem Laden. „Lasst Tom doch wenigstens ein paar Tage, um hier anzukommen, bevor ihr ihn unter die Lupe nehmt und die Hochzeit für uns plant."

„Na gut." Sandy hakt sich bei Brenna unter. „Wir halten euch die anderen Wölfe für heute vom Leib. Aber du weißt, dass spätestens nächste Woche das halbe County hier Schlange steht, wenn er wirklich so gut aussieht, wie Jack gesagt hat."

Ich schlage die Hände vors Gesicht, dann muss ich wieder lachen. „Ich werde Eintritt nehmen, dann lohnt sich das wenigstens."

„Mach das!" Brenna nickt grinsend. „Wir könnten auch für die TOMbola noch ein paar Gewinne gebrauchen."

„Haut schon ab." Ich winke ihnen zu und das gerade rechtzeitig, weil Tom gerade mit meinem Dad die Treppe herunterkommt.

TOM

Michael ist wirklich ein netter Kerl und ich denke, es

ist nicht so schlimm, die vier Wochen hier in Primrose abzusitzen, wie ich befürchtet habe. Er hat mir die Unterlagen dagelassen, die ich durchsehen und unterschreiben muss, das Erbe betreffend, und er hat mich gewarnt, dass das Herrenhaus ziemlich viel Liebe braucht, um wieder bewohnbar zu sein.

Als er sich wieder verabschiedet, gehe ich mit ihm hinunter, um zu sehen, ob Maeve schon fertig ist. Ich höre sie mit zwei Frauen sprechen und anscheinend geht es um mich. Grinsend hebe ich die Augenbrauen, als Michael mir freundlich auf die Schulter klopft.

„Siehst du, mein Junge? Alle hier sind sehr neugierig auf dich."

„Scheint so." Ich seufze. So viel Aufmerksamkeit ist mir gar nicht so recht. Ich weiß doch noch gar nicht, was ich mit all dem hier anfangen soll.

„Ich übergebe dich wieder an Maeve. Sie wird dir das Anwesen zeigen. Aber seid vorsichtig. Ich glaube, es sind im letzten Sturm ein paar Ziegel vom Dach geflogen." Michael nickt mir freundlich zu, bevor er sich an die grauhaarige Lady neben Maeve wendet. „Hi Molly, ich wollte sowieso mit dir und Seamus über die Hühner sprechen."

„Michael, ich hab dir schon gesagt, dass ich eure Hühner nicht nehmen kann. Wir haben keinen Platz mehr im Stall." Sie verschränkt resolut die Arme vor der Brust.

„Aber ich weiß nicht, wohin mit ihnen, Molly." Michael sieht sie an wie ein Welpe.

Ich kann mir vorstellen, dass er damit oft

durchkommt. Und Mollys nächste Worte bestätigen meine Vermutung.

„Also gut. Wir könnten vielleicht hinten noch ein bisschen anbauen, was meinst du, Seamus? Für drei weitere Hennen wäre dann noch Platz."

Ein zustimmendes Brummen von einem der Sessel lenkt meine Aufmerksamkeit dorthin. Ein Mann, der groß wie ein Bär ist und einen wilden grauen Bart hat, sitzt dort. Offensichtlich ist das Seamus. Maeve hat ihn gestern Abend erwähnt und jetzt habe ich auch ein Bild zum Namen.

Trotzdem werde mir eine Liste machen müssen, um nicht den Überblick zu verlieren, denn ich habe das Gefühl, ich werde in den nächsten Tagen das gesamte Dorf und, wenn ich dem Gespräch von Maeve mit den beiden Frauen eben glauben darf, noch das halbe County dazu kennenlernen.

Maeve lächelt mich an. „Molly, das ist Tom Artisan. Tom, das ist Molly Fitzpatrick und dahinten ist ihr Mann Seamus."

„Sehr erfreut, Mrs. und Mr. Fitzpatrick", sage ich und lächle den beiden zu. Ich sehe ihnen an, dass sie irritiert über meine Anrede sind.

„Mrs. Fitzpatrick ist Seamus' Mutter." Molly grinst mich an. „Von mir aus können wir uns gerne duzen."

Ich nicke und strecke meine Hand aus. „Gerne, ich bin Tom."

Sie schüttelt meine Hand. „Wunderbar, Tom. Ich halte hier die Stellung, wenn Maeve und du unterwegs seid.“

„Danke, das ist sehr nett.“

„Ach papperlapapp. Ich bin ja froh, wenn ich ab und zu noch gebraucht werde. Und Seamus ist froh, wenn er hier ein bisschen anderen Trubel als zuhause hat.“ Molly zwinkert mir zu, während aus dem Sessel ein protestierendes Brummen kommt. Seamus scheint wirklich nicht viel zu sprechen.

„Also gut. Ich geh dann auch wieder.“ Michael beugt sich zu Maeve und umarmt sie kurz. „Seid vorsichtig. Das Spukhaus ist nicht ungefährlich.“

„Ich bin immer vorsichtig, das weißt du doch, Dad.“ Maeve drückt ihn kurz und wendet sich dann an mich. „Ich muss eben meine Schuhe wechseln und mir eine Jacke holen, dann können wir los.“

„Ich hole meine Jacke aus dem Auto und wir treffen uns draußen, okay?“ Ich lächle sie an.

„Alles klar, bis gleich.“

Sie grinst, als ob ich einen Scherz gemacht hätte, sagt aber nichts weiter. Ich verabschiede mich von Molly und Seamus und folge Michael nach draußen.

Gefühlt steht das halbe Dorf in der hellen Frühlingssonne vor der Kirche und schwatzt. Jung und Alt und alle sprechen durcheinander und lachen miteinander. Als sie mich mit Michael entdecken, verstummen die Gespräche und alle sehen uns an.

„Komm, Tom. Bringen wir es hinter uns. Ich stelle dich den Leuten vor.“

Ich ergebe mich in mein Schicksal, dem ich sowieso

nicht entrinnen kann, setze ein Lächeln auf und stürze mich in den Kampf.

MAEVE

Fast tut mir Tom leid, aber ich konnte ja nicht ahnen, dass er seine Jacke aus dem Auto holen muss und nicht mit oben hat. Sonst hätten wir uns hinten hinausschleichen und die neugierigen Blicke vermeiden können.

Schnell ziehe ich mich um, schnappe mir meinen Rucksack, hole zwei Flaschen Wasser und die vorbereiteten Sandwiches aus dem Kühlschrank und verstaue alles. Auch die Nussbällchen und eine Picknickdecke packe ich ein. Dann laufe ich nach unten, bereit Tom loszueisen.

Er ist umringt von Menschen, schüttelt brav Hände und stellt sich immer wieder vor. Beantwortet Fragen nach seiner Herkunft und seinem Beruf und sieht leicht gestresst aus. Ich muss eingreifen.

„So, ihr Lieben. Tom ist ja noch ein paar Wochen hier. Fresst ihn nicht gleich am ersten Tag auf! Ich entführe ihn euch jetzt, damit er sich ansehen kann, was ihm noch alles gehört." Grinsend strecke ich die Hand nach ihm aus und er ergreift sie dankbar. „Ab morgen könnt ihr unseren Neuzugang im Fairytale bei der Arbeit besuchen. Aber denkt daran, auch etwas zu kaufen – sonst werde ich doch Eintritt nehmen müssen."

Alle lachen und keiner protestiert mehr. Sie winken uns zu und ich ziehe Tom hinter mir her die Straße hinunter.

„Puh, danke."

Er grinst mich an, lässt meine Hand aber nicht los. Das gefällt mir mehr, als es mir lieb sein sollte. „Sie meinen es alle nicht böse, aber ich weiß, dass es überwältigend sein kann, so viele Menschen auf einmal kennenzulernen."

„Das stimmt. Und ich glaube, ich habe die Hälfte der Namen schon wieder vergessen, vielleicht kannst du mir bei einer Liste helfen?", fragt er mit flehendem Blick.

„Mach ich. Wahrscheinlich kann ich dir sogar zu jedem mindestens drei Generationen und vier Anekdoten aufzählen."

„Solange das nicht abgefragt wird und es Punktabzug für jeden Fehler gibt. Sonst vielleicht lieber erstmal nur die Namen und eine Anekdote", sagt er lächelnd.

„Abgemacht." Ich nicke und biege mit ihm in den kleinen Pfad zum Herrenhaus ab.

Wir gehen eine Weile schweigend bergauf. Es ist aber kein unangenehmes Schweigen. Es ist ein gutes Schweigen. Eins, in dem man sich wohl und sicher fühlen kann. Seine Hand hält meine nicht mehr und ich habe einen kurzen Stich des Bedauerns gefühlt, als er mich losgelassen hat. Als ob es eigentlich richtig wäre, weiter mit ihm Hand in Hand zu gehen, aber das ist natürlich Unsinn. Wir kennen uns ja kaum. Und dann sind wir an der Stelle, von der aus er gleich den ersten Blick auf sein Erbe erhaschen kann. Ich bleibe stehen.

„Was ist?“, fragt er erstaunt.

„Ich wollte dir den schönsten Blick auf das Haus zeigen. Also den Blick, den ich am schönsten finde.“ Ich drehe Tom so, dass er die Überraschung genießen kann. „Und jetzt weitergehen.“

Er fragt nicht weiter nach, sondern macht ein paar Schritte, bis ihm ein überraschter Laut entfährt. „Das gibt’s doch nicht!“

Ich strahle ihn an. „Gefällt dir, was du siehst?“

TOM

„Ich dachte, Herrenhaus meint eine kleine Villa. Aber das …“ Ich suche nach Worten. „Das ist ja Dornröschens Schloss.“

Vor mir liegt ein altes Gebäude aus dem typischen grauen Stein der Gegend auf halbem Weg zum Gipfel des Berges. Eine dicke Pflanzenwand aus Efeu rundum schützt es vor der unerbittlichen Welt. Einst stand es hier wohl als Symbol für den Reichtum seines Besitzers. Alleine, überragend und als Zeichen der Macht. Doch jetzt ist es eher ein Bild des Verfalls. Wenn auch ein märchenhaftes Bild.

Das Anwesen ist von einem wilden Garten

umgeben, in dem die Natur außer Kontrolle geraten ist. Farne haben sich in der Mauer festgesetzt. Der enge Pfad, der zum Haus führt, ist überwuchert mit Gräsern, Dornenbüschen und Brombeerranken.

Das Haus steht immer noch stolz und aufrecht und große Teile der Fassade sind intakt geblieben. Aber die Fenster sind blind vor Schmutz und die Rahmen sind gezeichnet von abblätternder Farbe. Das Dach hat eindeutig schon bessere Tage gesehen und es liegen ein paar seltsam geformte Schuttbrocken im Garten, die wahrscheinlich irgendwo herausgebrochen sind. Es ist ein Anblick, der mich abschrecken sollte, aber ich bin sofort verliebt in das Haus.

„Von hier sieht es besonders verwunschen aus.“ Maeve lächelt breit. „Der Anblick der Vorderfront ist leider echt traurig, aber von hier wirkt es wie etwas, was direkt aus einem Märchen stammen könnte.“

„Absolut.“ Ich hole tief Luft. „Können wir hinein?“, frage ich, während ich den Garten, oder was davon noch übrig ist, betrete.

„Es gehört dir. Natürlich können wir hinein. Also, wenn du den Schlüssel hast?“

Ich ziehe den großen alten Schlüssel aus meiner Hosentasche. „Dein Dad hat ihn mir vorhin gegeben.“

„Ich war noch nie im Haus, immer nur hier im Garten“, sagt Maeve aufgeregt. „Ich bin so gespannt.“

Ich muss lachen, weil es mir auch so geht. Ich komme mir vor wie als Kind, als die ganze Welt noch ein einziges Abenteuer war und hinter jeder Ecke ein Drache oder ein anderes Wunder auf mich gewartet hat. „Zeigst du mir den Eingang?"

„Natürlich." Maeve geht voraus und führt mich am Haus entlang.

Wir kommen zu einer großen Freitreppe, vor der die Auffahrt mit ehemals weißem, jetzt grau-grünem Kies liegt, und mir bleibt fast der Mund offen stehen, als ich einen Blick zurück werfe. Von hier ist die Aussicht noch fantastischer als aus dem Dorf und das will etwas heißen.

Der Atlantik erstreckt sich in einer breiten Wasserfläche vor mir. Ein leuchtendes Blau, durchzogen von schimmernden Strömungen und tiefen Schatten. Der Anblick ist absolut atemberaubend!

Die Oberfläche des Ozeans ist in Strandnähe mit weißem Schaum überzogen, als ob Millionen kleiner Diamanten auf den Wellen tanzen würden. Jeder Windstoß versetzt die zerbrechlichen Partikel in neue Bewegung und bildet so ein ständiges Spiel aus Licht und Energie.

Die Sonne lässt die Oberfläche funkeln und unterstreicht die Tiefe des Meeres. Es scheint, als ob man in seiner Unergründlichkeit versinken kann. In der Ferne sehe ich einen dunkelgrauen Schleier am Horizont - vermutlich treffen hier Land und Meer auf der anderen Seite der Bucht aufeinander, jedoch kann ich nicht genau sagen wo.

Die Landschaft hat etwas Unwirkliches an sich. Es ist fast so, als ob sie einem Traum entsprungen wäre. Ich stehe reglos da und beobachte fasziniert diese

Szenerie. Berge und Meer verschmelzen miteinander zu einem Bild von unbeschreiblicher Schönheit. Ich atme tief ein und bin erfüllt von einem Gefühl grenzenloser Freiheit – die Erhabenheit dieses Ausblicks raubt mir fast den Atem! In diesem Moment fühlt es sich an, als hielte ich alle Zeit der Welt in den Händen.

MAEVE

Tom läuft eine Träne die Wange hinunter, während er auf den Ozean sieht. Mein Herz fliegt ihm zu. Es ist bewegend, ihn so ergriffen zu sehen.

Ich liebe diese Gegend auch so sehr und ich bin hier aufgewachsen und es sollte für mich normal geworden sein. Aber das ist es nicht. Es ist jeden Tag wieder faszinierend, weil die Landschaft jeden Tag, ja fast jede Stunde, anders aussieht. Heute ist der Himmel beinahe wolkenlos und die Sonne scheint, aber auch, wenn Sturmwolken über das Meer fegen, ist es zauberhaft. Tief atme ich den Duft des Landes und des Meeres ein und spüre, wie es mich ganz ruhig macht.

Das Spukhaus hat mich schon immer fasziniert und der Blick von hier ist einer der Gründe dafür. Ich habe mich immer gefragt, wieso der alte O'Brien hier nicht gewohnt hat.

„Wieso ist das Haus verfallen? Wer kann hier nicht leben wollen?", fragt Tom leise und greift genau meinen Gedanken auf.

„Ich weiß es nicht, aber ich habe mich das auch immer gefragt. Es gab oft Angebote, das Haus zu kaufen, aber dein Onkel hat alles abgelehnt und es durfte sich auch niemand darum kümmern.“ Ich streiche sanft über Toms Arm. „Ich habe mir immer ausgemalt, dass eine tragische Geschichte dahintersteckt. Aber ehrlich gesagt, weiß ich es nicht.“

Er wischt sich verstohlen über die Augen. „Ich hatte nicht erwartet, dass es mich so beeindrucken würde.“ Tom drückt kurz meine Hand. „Und jetzt schauen wir uns drin mal um, ich bin sehr neugierig.“

„Und ich erst. Also los. Meister der Schlüssel, walte deines Amtes.“

Lachend geht Tom zur Haustür, schiebt ein bisschen Efeu zur Seite, der hier zum Glück noch nicht alles überwuchert hat, und sucht das Schlüsselloch. Der Schlüssel passt tadellos und lässt sich sogar einigermaßen einfach herumdrehen. Ich merke, wie mein Herz stärker zu klopfen beginnt, als Tom die Tür aufschiebt und ich einen Blick hineinwerfen kann.

TOM

Abgestandene Luft begrüßt uns, es riecht ein bisschen nach Moos und Moder. Kein Wunder bei der feuchten Luft vom Meer. Vorsichtig betrete ich das Innere des Gebäudes und winke Maeve mit hinein.

Der Boden unter unseren Füßen knirscht bei jedem

Schritt durch den Putz, der von der Decke gefallen ist, und Staub wirbelt in der stillen Luft auf.

„Es ist fast so, als ob die Geister der Vergangenheit uns begleiten“, flüstert Maeve, während wir die Eingangshalle durchschreiten und ich kann ihr nur zustimmen.

Wir wandern weiter durch breite Flure mit ihren steinernen Böden und Zimmer mit hochgewölbten Decken. Auf der Rückseite des Hauses sind ein paar Fenster zerbrochen, durch die kalter Wind hereinweht, der die losen Tapetenfetzen an den Wänden flattern lässt.

Wir gelangen in den großen Saal des Schlösschens mit seinen hohen Säulen aus Marmor und Stein. Die Kronleuchter an der Decke zeugen von alter Pracht und sind übersät mit Spinnweben. In einer Ecke liegt ein großer Teppich in Fetzen. Es sieht so aus, als habe jemand versucht, ihn zu entfernen, aber es nicht geschafft. Auf dem Kamin steht eine alte Uhr, deren Zeiger die Zeit eingefroren haben.

Es gibt kaum Möbel und es sieht insgesamt so aus, als ob das Haus nie wirklich bewohnt gewesen wäre.

Aber die Atmosphäre dieses Ortes ist beeindruckend. Obwohl erschreckend leer und still scheint er doch voll von Geschichten - Geschichten über Menschen, Ereignisse und Leben, die nie stattgefunden haben. Es ist wie ein letztes Zeugnis vergangener Glorie, die hätte sein sollen.

Ich bemerke, dass Maeve fröstelt. „Wollen wir noch hochgehen oder willst du lieber wieder raus?“

„Was? Natürlich gehen wir hoch. Ich finde es zwar irgendwie gruselig, aber auch absolut faszinierend. Ich glaube, ich bin die Erste aus dem Dorf, die hier drin ist.“ Sie sieht sich weiter um. „Und es liegt zwar ein Hauch von Traurigkeit über allem hier, aber auch so etwas wie ein Neubeginn. Ich weiß nicht, wie ich es in Worte fassen soll. Es klingt vielleicht merkwürdig, aber ich habe das Gefühl, dass dieses Haus darauf wartet, zum Leben erweckt zu werden. Zu dem Leben, zu dem es bestimmt war. Mit fröhlichen Festen, lachenden Menschen und jemandem, der es liebt, hier zu sein.“

„So etwas ähnliches habe ich auch gedacht“, stimme ich ihr zu.

Wir gehen die gewundene Treppe hinauf und in einen Raum, in dem Bücherregale bis unter die Decke gezogen sind, auch wenn es keine Bücher gibt.

„Oh, die Bibliothek!“, ruft Maeve begeistert. „Schau nur, da ist sogar ein Kamin und da vorne ein Balkon!“ Sie singt leise ‚Die Schöne und das Biest‘ und läuft zu den bodentiefen Fenstertüren.

„Ich will aber nicht das Biest sein und ich weiß nicht, ob der Balkon sicher ist“, werfe ich ein.

„Stimmt.“ Sie seufzt. „Aber was das für ein Ausblick sein muss! Und wie unglaublich das Haus wäre, wenn es ein bisschen Liebe bekommen würde! Hast du nicht auch immer von so einem Anwesen geträumt?“

„Bisher nicht“, sage ich nachdenklich. „Aber ich kann es mir jede Sekunde besser vorstellen, in diesem

Haus zu leben.“

Maeve grinst mich an. „Und es würde dir unglaublich gut stehen. Mr. Artisan von Artom Publishing lädt zum jährlichen Bestsellerball, um die Erfolge des Verlags zu feiern.“ Sie macht einen Knicks und hebt ihren imaginären Rock an.

Ich verbeuge mich und reiche ihr erneut meine Hand. „Und natürlich darf Belle alias Maeve, die schöne örtliche Buchhändlerin, nicht fehlen. Darf ich bitten?“

Sie nickt, legt ihre Hand in meine und wir drehen uns lachend ein paarmal zu einer Musik, die nur in unseren Köpfen spielt.

„Ich finde, das klingt wie ein Märchen, das wahr werden sollte“, sagt Maeve begeistert und ich kann ihr nur zustimmen.

Bis mir einfällt, warum ich hier bin. Um den Wert des Hauses einzuschätzen, damit ich es verkaufen kann, weil ich meine Zusage an Mrs. Sharingham nicht rückgängig machen will.

KAPITEL 7

MAEVE

Tom sieht plötzlich traurig aus und ich lasse seine Hand los. Natürlich wird er wieder nach Boston zurückkehren, nachdem er sein Erbe bekommen hat. Vielleicht wird er das Herrenhaus herrichten und als Feriendomizil nutzen, um dann mit seiner zukünftigen Familie hierherzukommen.

Der Gedanke stört mich mehr, als er sollte, und ich hole tief Luft, schüttle die Sorgen von morgen ab und lege den Kopf schief. „Ich habe ein Picknick für uns eingepackt. Wollen wir hier drin oder lieber draußen essen?“

Auch Tom schüttelt anscheinend etwas ab, denn seine Miene erhellt sich wieder. „Draußen. Die Aussicht ist einfach zu grandios, um hier lange in dem Muff zu bleiben."

Wir sind schnell wieder draußen und Tom schließt das Haus ab, bevor wir es uns auf der Freitreppe auf meiner Picknickdecke gemütlich machen. Ich reiche ihm die Tüte mit den Broten. „Wir haben klassische Gurken- und Eisandwiches, es ist ja nicht alles Englische schlecht - oder welche mit Salami. Du hast die erste Wahl, ich mag alles."

Tom nimmt sich eins mit Gurke. „Sieht perfekt aus. Du hast sogar den Rand abgeschnitten."

„Das mache ich normalerweise nicht." Kichernd nehme ich mir ein Salamibrot. „Aber ich wollte dich beeindrucken."

„Du beeindruckst mich auch so schon, Maeve", sagt er ernst.

Erstaunt sehe ich auf. „Wieso denn das? Also, danke, aber ich weiß nicht, womit ich das geschafft haben könnte."

„Du hast die Wohnung über der Buchhandlung renoviert, wahrscheinlich eher saniert. Du hast Fairytale Books über all die Jahre am Laufen gehalten, ohne große Unterstützung und ohne, dass du wusstest, ob Arthur nicht plötzlich das Interesse daran verliert und die Buchhandlung, wie das Haus hier oben, einfach vermodern lässt. Und du hast sie, soweit ich das bisher beurteilen kann, sogar zu einem der zentralen Anlaufpunkte in Primrose Cove gemacht."

Ich merke, dass ich ein bisschen rot werde bei seinen Komplimenten. Tom trifft damit ins Schwarze. Ich gebe mir mit dem Buchladen wirklich viel Mühe. Wir haben regelmäßig Lesungen und sind dafür im ganzen County bekannt.

„Und du bist ein netter Mensch mit einem feinen Gespür für andere und einem guten Sinn für Humor", fährt er fort.

„Du weißt doch gar nicht, ob ich nicht kleine Hunde trete oder Menschen im Internet beschimpfe", wiederhole ich seine Worte von gestern Abend und wir brechen beide in Lachen aus.

„Stimmt natürlich, Maeve, aber irgendwie kann ich mir das beim besten Willen nicht vorstellen."

Ich beiße in mein Sandwich und kaue erstmal. „Du hast recht, das tue ich genauso wenig wie du."

Er nickt und beißt ebenfalls in sein Brot. Schweigend sehen wir auf den Ozean, der unterhalb des Berges und des Dorfes vor uns liegt.

„Hier könnte man ein fantastisches Zuhause draus machen", beginnt er nach einer Weile.

Ich glaube, Bedauern aus seiner Stimme zu hören. „Das klingt, als ob da gleich ein ‚aber' folgt."

Er seufzt und nickt. „Aber leider nicht für mich."

Ich versuche, mir nicht anmerken zu lassen, wie sehr mich das enttäuscht. „Darf ich fragen, warum?"

Er schweigt und sieht aus, als ob er nach den

passenden Worten sucht.

TOM

Sobald ich es ausgesprochen habe, schimpfe ich mich selbst Idiot. Ich hätte es einfach lassen können, was es ist – ein netter Tag und eine Besichtigung. Aber ich muss ja unbedingt ehrlich sein.

Ich weiß nicht, wie Maeve gleich reagieren wird, und ich habe nicht damit gerechnet, dass mir dieser Ort sofort so unter die Haut geht. Aber wenn nicht ein Wunder geschieht, brauche ich das Geld aus den beiden Verkäufen. Ich überlege, ob ich nicht doch einfach feige bin und noch nichts sage, aber das kann ich nicht. Wie soll ich Maeve dann später in die Augen sehen, wenn ich sie die ganze Zeit in dem Glauben lasse, ich würde die Buchhandlung behalten?

„Es ist so“, beginne ich und breche dann wieder ab.

Sie sagt nichts und sieht mich nur fragend an.

Ich gebe mir einen Ruck. „Ich habe dir doch gestern gesagt, dass ich das Geld aus der Erbschaft für den Verlag brauche.“

Maeve nickt.

„Das stimmt auch, ist aber nicht die ganze Wahrheit. Eigentlich reicht das Geld gerade mal dafür, den Verlag und meine Mitarbeiter für die nächste Zeit über Wasser zu halten. Um das Waisenhaus zu retten, muss ich das Herrenhaus verkaufen – und das Fairytale Books. Ich habe heute Morgen nochmal die Zahlen gecheckt. In der Lage würde ich für das Haus allein, selbst ohne Buchladen, mindestens 550.000 Euro bekommen. Für das Herrenhaus hier wahrscheinlich trotz seines Zustands eine dreiviertel Million, wenn nicht noch mehr. Das müsste für das Waisenhaus reichen."

Maeve wird ganz blass. Sie legt ihr Sandwich betont sorgfältig auf die Papierservierte, zieht die Beine an und schlingt die Arme um die Knie. Sie wirkt, als ob sie sich gegen einen Schlag schützen wollte, und ich hasse mich dafür, dass ich in diesem Fall der Angreifer bin. „Es tut mir leid. Ich wollte es dir eigentlich nicht so unverblümt sagen und vielleicht finde ich noch eine andere Lösung. Ich habe ein paar vielversprechende Bücher gesichtet, die uns wieder nach vorne bringen könnten. Vielleicht werden die Topseller und retten das Waisenhaus."

„Ist schon gut." Ihre Stimme ist tonlos. „Es wäre ja auch zu schön gewesen, wenn alles einfach weiter so gegangen wäre, wie bisher." Sie seufzt. „Und ich kann dir nicht einmal böse sein. Ich meine, du willst das Zuhause von Waisen retten, Tom. Was ist schon ein Buchladen gegen das Schicksal von Kindern?"

„Nichts ist gut." Ich würde am liebsten meinen Arm um sie legen, aber das traue ich mich nicht. „Ich biete dir das Fairytale natürlich zuerst an, aber ich weiß nicht, ob du es dir leisten kannst", überlege ich laut.

Sie legt ihren Kopf auf die Arme und starrt in die Ferne. „Stimmt. Wovon bitte soll ich mir das leisten können? Ich habe ja nicht einmal einen sicheren Job, wie ich gerade erfahren habe."

„Es tut mir wirklich leid, Maeve.“

„Ja, mir auch“, sagt sie leise. „Ich werde dann wohl am besten sofort anfangen, mich nach einer neuen Stelle und einer neuen Wohnung umzusehen. Vielleicht kannst du mir wenigstens ein bisschen was für die Sanierung der Wohnung geben? Die war ziemlich teuer, auch wenn wir vieles selbst gemacht haben.“

„Selbstverständlich. Und du musst auch noch nicht sofort ausziehen. Vielleicht finde ich ja jemanden, der die Buchhandlung so wie sie ist kauft“, versuche ich ihr und vor allem mir selbst Mut zuzureden.

Maeve schnaubt leise. „Ja, vielleicht. Aber du wirst verstehen, dass ich nicht darauf warten werde, ob das passiert oder ob ich dann plötzlich doch auf der Straße stehe, weil der neue Eigentümer aus dem Fairytale Books ein Ferienhaus machen will.“

„Natürlich verstehe ich das.“ Ich könnte mich selbst ohrfeigen. Ich habe diesen Nachmittag ruiniert, ohne wirklich zu wissen oder einen echten Plan zu haben, wie es weitergeht. „Ich hätte dir das vielleicht doch nicht jetzt sagen sollen. Es gibt so viele Unwägbarkeiten, die noch gar nicht bedacht wurden.“

„Doch. Es ist gut, dass du es mir gesagt hast, Tom. Vielleicht ist es auch Zeit für mich, etwas anderes zu machen und neue Wege zu gehen. Vielleicht ist es genau der richtige Moment, meinem Leben eine neue Wendung zu geben.“

Ihre Worte sollen wohl positiv klingen, aber ihre ganze Haltung drückt Verzweiflung und

Hoffnungslosigkeit aus. Ich kann nicht anders. Ich rücke näher und lege meinen Arm um sie. Maeve zuckt kurz zusammen, lässt mich aber gewähren. „Es tut mir leid“, sage ich leise.

„Ja, mir auch.“

MAEVE

Soviel also zu meinem Plan, Mr. Artisan um den Finger zu wickeln. Oder auch nur zu hoffen, dass ich das Fairytale behalten kann. Als Tom sich gestern als so netter Kerl herausgestellt hat, habe ich wirklich geglaubt, alles würde gut werden. Und noch vor wenigen Minuten habe ich in meinem albernen Gehirn Bilder gesehen, die eine Zukunft von Tom in Primrose Cove beinhaltet haben.

Aber auch, wenn ich gerade am Boden zerstört bin, bin ich dankbar, dass Tom mir den Zahn gleich gezogen und mir nicht vier Wochen Honig um den Mund geschmiert und mich angelogen hat. Damit wäre ich noch schlechter zurechtgekommen. Aber ich weiß nicht, was ich machen soll. Natürlich ist mir klar, dass der Verkaufserlös für die Buchhandlung einem edlen Zweck dient und Tom das Geld nicht für einen extravaganten Jetset-Lifestyle rausbläst, aber es geht eben auch um mich. Um mein Leben und meine Zukunft.

„Es fühlt sich an, als ob mein Leben gerade vor meinen Augen zerbröselt“, flüstere ich nach einer Weile.

„Das Gefühl kenne ich.“

Tom streichelt meinen Oberarm, was ich als erstaunlich tröstend empfinde. Trotz allem.

„Die letzten Monate hatte ich permanent dieses Gefühl, nur abgelöst von dem, dass mein Leben ein Albtraum geworden ist, weil ich vielleicht meinen Verlag verliere und meine Leute entlassen muss.“ Er seufzt. „Ich habe nicht damit gerechnet, dass ich dafür verantwortlich sein würde, dieses Gefühl an jemand anderen weiterzugeben. Und ich hasse es, dass ich das getan habe.“

„Tja, was soll ich dazu sagen, Tom. Es ist, wie es ist. Und ich meine es ernst: Ich weiß es lieber jetzt, als dass du mir das in vier Wochen sagst, kurz bevor du wieder nach Boston verschwindest.“ Ich versuche, meine Tränen zurückzuhalten, die sich sammeln um auszubrechen, und lege meine Stirn auf meine Unterarme, damit Tom mein Gesicht nicht sehen kann. Tausend Gedanken schwirren mir durch den Kopf. Ich werde zu meinen Eltern zurückziehen und mir einen anderen Job suchen müssen, irgendwo außerhalb, aber das will ich nicht. Ich will, dass alles so bleibt, wie es ist!

„Weißt du, ich habe nicht im Vorfeld geklärt, ob ich die Wohnung oben herrichten darf, ich habe es auf gut Glück einfach getan und danach erst gefragt.“ Ich lächle schief. „Damals ist es gut gegangen und vielleicht ist das jetzt der Preis dafür.“

„So ein Quatsch“, sagt Tom sofort. „Ich glaube, dass die Liebe, die du der Wohnung und der Buchhandlung geschenkt hast, sich auszahlen wird!“

Plötzlich setzt er sich auf. „Maeve, ich habe vielleicht die Lösung!"

Langsam hebe ich meinen Kopf und sehe ihn an. „Welche?"

TOM

Es bricht mir das Herz, Maeve so traurig zu sehen, aber als sie nochmal erwähnt, dass sie die Wohnung selbst renoviert hat, fällt mir eine Lösung für unser Dilemma ein.

„Guck dir den Ausblick an! Das ist doch der Million-Dollar-View, von dem jeder Makler träumt. Das Haus ist riesig und das Grundstück auch!"

„Ja, und?", fragt Maeve leise.

Ich sehe, dass sie nicht versteht, worauf ich hinauswill. „Und ich dachte, ich bekomme dafür, so wie es ist, wahrscheinlich eine dreiviertel Million. Was leider nicht reicht, auch wenn es wahnsinnig viel Geld ist. Ich brauche für das Heim knapp über eine Million. Das lässt sich auch nicht aufschieben, weil die Bank ein Ultimatum gesetzt hat. Und auch die Sporthalle müsste saniert werden. Für viele der Kids, wie es auch für mich war, ist gerade Sport eine gute Ablenkung und ein Anker im Leben."

Maeve nickt mitfühlend. „Das verstehe ich, Tom. Und ich mache dir ja gar keinen Vorwurf."

„Ich weiß. Aber was ich sagen will, ist, dass ich eben eigentlich dachte, dass ich für das Heim das

Herrenhaus und die Buchhandlung verkaufen müsste. Aber was ist denn, wenn ich für das Herrenhaus sehr viel mehr Geld bekommen würde? Dann kann ich die Buchhandlung behalten und dich weiter anstellen und es muss sich gar nichts für dich ändern." Ich strahle Maeve an.

„Das klingt ja schön und gut. Aber wieso meinst du auf einmal, du bekommst vielleicht viel mehr Geld für das Spukhaus?"

„Weil wir es ein bisschen herrichten, was den Preis definitiv in die Höhe treiben wird!", schließe ich meine Beweisführung ab.

Maeves Blick ist nicht anders als skeptisch zu nennen. „Wir richten es her?"

„Also, wenn wir beide anpacken und deine Freunde vielleicht auch mithelfen, kostet es nicht viel Geld. Ich glaube, allein ein ordentlicher Hausputz, eine Fassadenreinigung und eine Heckenschere könnten schon Wunder wirken." Ich schließe Haus und Garten in einer Geste ein. „Das ist ein guter Plan und wir können die nächsten vier Wochen dafür nutzen, das Spukhaus zu einem Rohdiamanten zu machen! Wenn du willst, beauftrage ich auch vorher einen Makler damit, das Anwesen zu schätzen, aber ich bin mir sicher, dass ich recht habe und der Wert steigen wird!"

„Du könntest recht haben." Maeve runzelt die Stirn. „Wenn ich mich recht erinnere, hat Dad gesagt, das letzte Angebot für das Spukhaus waren 700.000 und der Käufer hat durchblicken lassen, dass er auch mehr geboten hätte, wenn es in nicht ganz so einem schlimmen Zustand wäre."

„Dann ist es abgemacht?“, frage ich aufgeregt.

„Ich kann nicht einfach über meine Freunde bestimmen“, wirft Maeve ein. „Aber ich glaube, es würden vielleicht einige mithelfen, wenn sie wissen, worum es geht. Du hast nämlich recht, das Fairytale ist ein wichtiger Bestandteil von Primrose Cove. Und die Geschichte mit dem Waisenhaus ist natürlich auch eine Sache, die viele rühren wird.“

„Das ist doch erstmal alles, was wir brauchen. Wir geben Primrose Manor ein kleines Makeover und hübschen es auf, damit es ordentlich Geld einbringt, wenn es dann offiziell mir gehört und ich es verkaufen kann. Was hältst du davon?“

Nachdenklich sieht sie mich an, aber ihre Augen sind nicht mehr so traurig, und ich bemerke, dass sie sich langsam mit dem Gedanken anfreundet.

„Vielleicht kann das tatsächlich klappen. Aber falls nicht, muss ich mir ja trotzdem etwas anderes suchen. Vielleicht sollte ich doch gleich damit anfangen?“, sagt sie zögerlich.

„Wie wäre es, wenn wir es so machen: Bis ich das Erbe antreten kann, kümmern wir uns darum, dass es hier ein bisschen besser aussieht. Dann verkaufe ich das Haus höchstbietend und falls das nicht reicht und ich doch das Fairytale abgeben muss, handle ich entweder aus, dass du weiter die Buchhandlung führen darfst, oder suche zusammen mit dir etwas Neues. Vielleicht kannst du auch von Primrose Cove aus für meinen Verlag arbeiten? Wir würden schon eine Position finden, die dich glücklich macht! Vielleicht eingereichte Manuskripte prüfen? Du hast so viel

Erfahrung mit Büchern – du hast bestimmt ein gutes Gespür, welches Manuskript vielversprechend ist oder nicht“, überlege ich laut. „Und da ich, wie ich erzählt habe, seit Monaten darüber nachdenke, auch Bücher aus anderen Genres zu veröffentlichen, wäre deine Expertise als Buchhändlerin Gold wert. Du weißt aus erster Hand, was gut läuft und die Kunden wollen. Und vielleicht könntest du diese Manuskripte dann auch als Lektorin betreuen, wenn dir sowas Spaß macht? Du bist schließlich auch studierte Literaturwissenschaftlerin.“

„Das würdest du tun?“ Maeve sieht mich skeptisch an. „Warum? Warum ist es dir nicht einfach egal und du verkaufst die Sachen und fliegst wieder nach Hause und verschwendest keinen Gedanken mehr an Primrose Cove oder das Fairytale oder mich?“

„Weil ich nicht so ein Mensch bin. Ich könnte nicht mehr in den Spiegel sehen, wenn ich wüsste, dass ich dich so unglücklich gemacht habe. Ich weiß, dass mich das schon manchen Deal gekostet hat und das ist wahrscheinlich auch der Grund, warum die Grays sich von Creepbooks haben abwerben lassen.“ Ich zucke mit den Schultern. „Aber ich halte wirklich gar nichts davon, über Leichen zu gehen und verbrannte Erde zu hinterlassen.“

Maeve strafft die Schultern und hält mir ihre Hand hin. „Einverstanden, wir versuchen es auf deine Art. Ich will sowieso am liebsten nicht weg und etwas anderes machen, aber falls ich das Fairytale verlassen muss, macht es mir weniger Angst, wenn ich in Aussicht habe, dass ich für deinen Verlag arbeiten und hierbleiben könnte.“

Ich schlage ein. „Perfekt. Dann ist es abgemacht. Wen fragen wir, ob sie helfen können?“

„Gladys und Roisin haben eine kleine Reinigungsfirma. Sie putzen hier in der Gegend fast alle Fenster und machen Dachrinnen und Steinwege sauber. Außerdem sind ihre Kinder sehr gerne bei mir im Fairytale. Sie helfen bestimmt oder leihen uns ihren Hochdruckreiniger.“ Jetzt sieht Maeve entschlossen und fröhlich aus. „Ich liebe es, mit den Dingern zu arbeiten. Es ist so befriedigend, etwas total Verdrecktes wieder zu neuem Glanz zu verhelfen.“

Ich muss lachen. „Ich kenne die nur von der Autowaschanlage, aber da mag ich das auch.“

„Außerdem haben Molly und Seamus einen absolut grünen Daumen und können uns bestimmt im Garten zur Hand gehen. Ich mache nachher gleich mal eine Liste mit möglichen Helfern.“ Maeve lächelt zuversichtlich. „Lass uns noch ein bisschen die Aussicht genießen und überlegen, was wir alles hier kostengünstig verschönern können, um das Haus zu einem Spitzenpreis auf den Markt zu werfen.“

„Sehr gut! Also, ich glaube, die Auffahrt müssen wir uns auch vornehmen, da sind ganz schöne Löcher drin und die Hecken sollten auch mal beschnitten werden.“ Ich deute auf die mit Fuchsien übersäte Einfahrt. „Sieht zwar super schön aus, aber ich weiß gar nicht, ob da momentan überhaupt etwas durchkommt, was breiter als ein Fahrrad ist.“

Grinsend sieht Maeve mich mit ihren grünen Augen an. „Also hör mal, du bist in Irland. Das ist eine ganz normale Straße, auf der du mindesten 80 fahren kannst."

Ich muss laut lachen. „Ach ja, ich vergaß. Über solche Straßen bin ich auch hierhergekommen. Ihr seid schon alle ein bisschen wahnsinnig, oder?"

„Keinesfalls, wir sind einfach gute Fahrer." Maeve zwinkert mir zu.

„Das wird es sein." Seufzend nehme ich mir noch eins von den leckeren Sandwiches und beiße hinein.

KAPITEL 8

MAEVE

„Ja, Mum. Natürlich komme ich nachher vorbei. Brauchst du noch was von Joey?" Ich klemme mir das Telefon ans Ohr und zücke Stift und Papier. Mum hat immer etwas vergessen und braucht nochmal eben dies oder das.

„Ach das ist lieb, dass du fragst. Bring mir doch bitte den leckeren Kuchen mit, den Joey vorne in der Auslage hat."

„Okay." Ich notiere den Kuchen. „Noch etwas?"

„Du könntest noch eine Packung Barry's mitbringen. Es sei denn, dein Freund trinkt lieber

Lyons Tee.“

Man hört an ihrer Stimme, dass das keine Alternative ist. Mum kommt aus Cork und da trinkt man eben Barry’s Tee und sonst nichts.

„Tom ist nicht mein Freund, Mum. Er arbeitet hier, bis er sein Erbe bekommt, das weißt du doch. Und bisher trinkt er lieber Kaffee als Tee. Er ist immerhin Amerikaner.“

Mum lacht, wird dann aber ernst. „Der junge Mann arbeitet schon vier Tage mit dir zusammen und wohnt vor allem bei dir und ich habe ihn immer noch nicht kennengelernt.“

„Das stimmt, aber Dad hat dir doch mit Sicherheit alles brühwarm berichtet und nicht nur er. Du hast doch überall deine Informanten.“

Seit dem Unfall verlässt Mum unser Haus nur noch selten, weil ihr leider noch häufig plötzlich schwindlig wird. Aber ich übertreibe nicht. Sie ist immer bestens über alles informiert.

„Es ist nicht das gleiche. Ich freue mich also, Tom selbst kennenzulernen, wenn ihr heute Nachmittag herkommt.“

„Ich weiß. Wir sind in etwa einer Stunde bei dir, wenn Molly den Laden übernommen hat.“

„Bis nachher, Seesternchen.“

„Bis nachher, Mum.“

TOM

Ich weiß gar nicht, warum ich so aufgeregt bin, Maeves Mutter kennenzulernen. Es ist ja nicht so, als wäre sie meine Schwiegermutter in spe. Auch wenn sich das halbe Dorf so verhält, als wäre es längst klar, dass ich hierbleiben und Maeve heiraten würde. Und ich erlaube mir für einen winzigen Moment, diesem Hirngespinst nachzuspüren. Maeve ist eine absolute Traumfrau. Sie ist mir so vertraut in den paar Tagen geworden, dass es sich anfühlt, als ob wir schon ein Leben lang zusammen wohnen und arbeiten würden. Sie hat mir gezeigt, was im Buchladen zu tun ist, mich eingearbeitet und vor allzu neugierigen Kunden gerettet, bis gefühlt jeder aus dem Dorf einmal hier war, um mich zu begutachten. Die meisten sind wirklich sehr nett und wir haben auch schon ein paar Helfer für das Herrenhaus gefunden.

Ich arbeite vormittags unten im Laden und nachmittags oben in der Wohnung, weil ich dann Betty und meine Leute nicht in Allerherrgottsfrühe aus dem Bett holen muss. Es funktioniert erstaunlich gut und wir sind schon ein eingespieltes Team. Wenn wir uns abends etwas zu essen machen und danach vor dem knisternden Feuer im Bollerofen über Gott und die Welt reden oder einfach beide lesen, fühlt sich das schon ziemlich perfekt an. Unkompliziert und leicht und irgendwie richtig.

Ich seufze. Rede dir nichts ein, Tom. Das kann doch nicht funktionieren. Und außerdem lässt Maeve mich nicht spüren, ob sie an mir ein anderes Interesse hat, als ihren Buchladen zu behalten.

Ja, ich weiß, es ist eigentlich meiner, aber ich sehe doch, dass ihr ganzes Herz hier drinsteckt und es ist ihr Laden, und ich bin entschlossener denn je, ihn ihr nicht wegzunehmen.

***

„Und was machst du so in deiner spärlichen Freizeit?" Jane schenkt mir Tee nach.

Wir sitzen in einem gemütlichen Wohnzimmer mit Blick auf den Atlantik. Natürlich. Ich glaube, jedes Haus in Primrose Cove hat diese fantastische Aussicht. Und das Haus von Maeves Eltern bildet da keine Ausnahme. Es liegt am Ende des Dorfes und ist ein hübsches Steincottage, das aber großzügig ausgebaut worden ist und freundlich und offen wirkt.

Maeves Mutter fragt mich seit meiner Ankunft aus, aber ich empfinde es nicht als unangenehm. Jane hat eine sehr liebenswürdige Art, sodass man ihr nicht böse sein kann. Sie weiß wirklich schon viel von mir und das nach den ersten dreißig Minuten unseres Kennenlernens. So muss sich Speed Dating anfühlen.

Sie sieht mich aufmunternd an und ich erinnere mich an die Frage. „Während des Colleges und der Uni war ich Zehnkämpfer und habe auch an Meisterschaften teilgenommen. Jetzt trainiere ich nicht mehr so viel, aber ich mache zusätzlich ein bisschen Kampfsport und ab und zu eine Tour de Stade. Das sind die Verrückten, die in den Sportstadien alle Treppen rauf und runter laufen“, erkläre ich gleich dazu.

„Hast du noch gar nicht erzählt!“ Maeve sieht mich überrascht an. „Kein Wort hast du gesagt, dass du Profisportler bist.“

„Warst. Ich bin kein Profisportler mehr, dafür trainiere ich viel zu wenig“, korrigiere ich sie. „Und du hast nicht gefragt.“ Ich grinse. „Und wir kennen uns doch erst seit ein paar Tagen, da muss doch noch etwas übrigbleiben für später.“

Maeve trinkt einen Schluck Tee. „Stimmt auch wieder. Falls du hier Sport machen willst, könntest du entweder mit Charlie, Marys Mann, und seinem Team Hurling spielen oder mit Brenna und Sandy Kajak fahren. Sie sind viel unterwegs.“

„Von Hurling habe ich schon gehört, klingt spannend. Vielleicht schau ich mir das mal an. Aufs Wasser zieht es mich nicht besonders nach dem Bootsunfall meiner Familie.“

Maeve zuckt kurz zusammen. „Tut mir leid, das hätte ich mir denken können. Das war unsensibel von mir“, sagt sie sanft. „Und ich kann das verstehen.“

„Danke. Das war ja keine Absicht und du kannst ja nicht wissen, dass Wasser für mich ein Problem ist. Das klang gerade so, als ob du auch nicht gerne Kajak fährst, stimmt das?“, frage ich.

Maeve nickt und verzieht das Gesicht.

„Unser Seesternchen ist auch lieber am als im oder

auf dem Wasser“, erklärt Jane liebevoll.

„Ach, Mum. Das ist doch nicht so wichtig.“ Maeve verdreht die Augen.

„Seesternchen ist wirklich ein entzückender Kosename!“, sage ich lächelnd, um die beiden abzulenken.

Maeves Wangen färben sich zart rosa, während ihre Mutter zu erzählen beginnt. „Der kommt aus einem unsere Familienurlaube, als Maeve noch klein war. Wir waren in Dänemark und unsere Maeve hat nach einem Sturm ein paar winzige Seesterne am Strand gefunden, die noch gelebt haben. Sie hat alle ins Wasser zurückgetragen und danach jeden Morgen am Strand nach Seesternen gesucht, die sie retten konnte, und sie zurück in die Ostsee gebracht.“

Ich kann Maeve direkt als Kind vor mir sehen. Mit wehenden Haaren und fröhlichem Lachen.

„Ja, der Urlaub hat mir den Spitznamen eingebracht, aber auch meine Vorsicht vor dem Meer.“ Maeve grinst schief.

„Wieso das?“, frage ich sanft.

„Weil ich eines Morgens sehr schmerzhafte Bekanntschaft mit einer Familie von Feuerquallen gemacht habe.“ Sie schüttelt sich. „Das war echt schlimm.“

„Wir mussten Maeve sogar zu einem Arzt bringen.“ Jane legt ihre Hand auf den Arm ihrer Tochter. „Aber zum Glück hat es keine bleibenden Schäden hinterlassen.“

„Du meinst außer meiner Angst, ins offene Meer zu gehen“, wirft Maeve trocken ein.

Jane nickt. „Wir sind aber dankbar, dass du es sonst heil überstanden hast. Das waren schon echt fiese Verbrennungen, wo deine Haut doch sowieso so empfindlich ist.“

„Ja, der Fluch der Rothaarigen.“

„Also hör mal, Seesternchen“, erklingt jetzt Michaels Stimme von der Tür. „Das ist kein Fluch, das ist der irische Segen! Wir sind eine seltene Spezies. Wie die Fairies - unsere Feen.“

Maeves Vater kommt herein, küsst seine Frau, umarmt seine Tochter und schüttelt mir die Hand. „Wie gut, dass du da bist, Tom. Ich wollte fragen, wie es mit dem Spukhaus vorangeht?“

„Ich habe beschlossen, es soll ab jetzt Primrose Manor genannt werden. Das ist doch viel schöner und für einen möglichen Käufer ist das auch anziehender. Dass es dort spukt, kann man ja erwähnen, falls der Käufer auf sowas steht.“

Michael nickt lachend.

„Und es geht ganz gut voran“, fahre ich fort. „Wir sind fast fertig damit, den ganzen Müll zu entsorgen, alte Tapete abzukratzen, soweit es geht, und den Dreck rauszufegen, damit wir endlich die Fenster saubermachen können. Ich bin sehr gespannt, wie es dann aussieht und wie der Blick aus dem Haus sein wird.“

„Er soll fantastisch sein, meinte Granny“, sagt

Michael beiläufig.

Maeve sieht ihn erstaunt an und auch seine Frau runzelt fragend die Stirn. „Woher wusste Granny das? Ich dachte, niemand aus dem Dorf ist jemals vorher drin gewesen?“

Er überlegt einen Moment und zuckt dann mit den Schultern. „Das weiß ich nicht. Aber sie hat kurz vor ihrem Tod davon gesprochen. Ich habe das ihrem schon leicht verwirrtem Geist zugeordnet, bis mir eingefallen ist, dass sie mir und Paddy schon einmal davon erzählt hatte, als wir noch kleine Jungs waren.“

„Vielleicht kannte sie Arthur ja, er muss doch häufiger hier gewesen sein, wenn ihm zwei Anwesen gehört haben?“, frage ich.

„Er hat eine Zeitlang in Primrose Cove gewohnt. Zuerst in dem Haus, in dem jetzt das Fairytale ist, und er hat das Spukhaus bauen lassen, war aber wohl nicht oft dort“, bestätigt Michael meine Vermutung.

„Wieso weiß ich davon nicht?“ Maeve sieht ihren Dad erstaunt an.

„Das sind so alte Geschichten. Ich dachte, ich hätte dir davon erzählt.“

„Nein, hast du nicht. Auch Granny hat nie ein Wort darüber verloren.“ Maeve zuckt mit den Schultern. „Ist aber eigentlich auch egal. Ich bin so gespannt auf den Ausblick, dass ich es kaum erwarten kann, mit Gladys den Fenstern zu Leibe zu rücken.“

„Ich freue mich auch“, gebe ich zu. „Und das ist erstaunlich, weil ich bisher Saubermachen und Putzen nicht zu meinen bevorzugten Tätigkeiten gezählt habe."

„Kann ich verstehen." Jane stellt ihre Tasse auf den Tisch.

„Können wahrscheinlich die meisten." Maeve grinst breit.

Michael setzt sich zu uns und bekommt ebenfalls Tee und Kuchen serviert. „Und jetzt nochmal von vorne, Tom. Was habe ich verpasst?"

KAPITEL 9

MAEVE

„Ich hätte nicht gedacht, dass Fensterputzen so befriedigend sein würde!“ Tom wischt mit dem ledernen Lappen über das Glas und bestaunt den Ausblick.

So wie ich auch. Es ist einfach fantastisch, was die sauberen Scheiben für einen Unterschied machen. Die Sprossenfenster im Esszimmer sind nicht mehr blind und zeigen den Garten, in dem Seamus und Onkel Paddy den Brombeeren den Kampf angesagt haben. Weiter unten im Garten sehe ich die halbe Schulklasse von Mrs. Flaherty eifrig Unkraut zupfen und im Haus hinter uns höre ich Gladys und Roisin mit ihren

Maschinen arbeiten.

„Ich bin wirklich dankbar, dass so viele Leute mithelfen!“ Tom legt den Lappen weg und hält mir eine Flasche Wasser hin.

Durstig nehme ich einen Schluck. „Ich glaube, die Neugier auf das Haus ist ein Teil der Motivation. Es ranken sich so viele Geschichten in unseren Köpfen darum.“

„Möglich.“ Tom sieht mich nachdenklich an. „Aber ich glaube, es liegt auch daran, dass alle dir helfen wollen. Und das finde ich wundervoll.“

„Ja, das ist wundervoll“, stimme ich zu. „Und dass Onkel Paddy die Verpflegung übernimmt, trägt auch zur Motivation bei.“

„Das stimmt.“ Tom lacht herzhaft. „Auch dafür bin ich dankbar. Seine Eintöpfe sind der Knaller und es ist kein Wunder, dass sein Pub so gut besucht ist jeden Abend.“

Ich höre Dad lachen, als er zu uns stößt. „Wenn Granny sauer auf uns war, konnte mein Bruder sie mit einem Essen beruhigen.“

„Und du hast uns aus jeder Bredouille herausgequatscht“, ertönt die tiefe Stimme meines Onkels hinter uns.

„Wir waren schon immer ein gutes Team!“ Dad und Paddy grinsen sich an.

„Schon immer und das bleibt auch so.“ Paddy nickt entschlossen. „Wir haben heute wieder einiges geschafft. Jetzt gibt es erstmal Verpflegung. Joey hat mir Kuchen mitgegeben, weil er selbst heute keine Zeit hat."

„Klingt perfekt. Ich rufe die anderen herein." Tom verlässt das Esszimmer, in dem die Bierbänke und Tische aufgestellt sind.

„Er ist für einen Stadtschnösel echt ganz okay." Paddy sieht ihm nachdenklich hinterher.

„Finde ich auch", sage ich. „Er packt ordentlich mit an und kennt sich außerdem mit Büchern aus."

Dad mustert mich kurz. „Das ist okay, aber nicht alles, was zählt, Seesternchen. Er sollte dich auch gut behandeln."

„Was?" Ich starre ihn an. „Dad, lass das. Er ist doch quasi mein Chef und wir verstehen uns gut, das ist alles!"

„Wenn du das sagst … ich meine ja nur!" Dad zuckt mit den Schultern. „Wenn er dir das Herz bricht, werde ich ihm andere Dinge brechen."

Er sagt das so ernst, dass ich es nicht übers Herz bringe, ihn daran zu erinnern, dass er keiner Fliege etwas zuleide tun kann und so hart wie ein Marshmallow ist. Aber Paddy nickt ebenso ernst und bei meinem Onkel weiß ich schon eher, dass er auch mal zupacken kann. Hat er in all den Jahren im Pub und in seiner Zeit davor als Matrose gelernt.

„Er wird mir nichts brechen, weil es nichts zu brechen gibt. Ich weiß, dass er bald wieder nach Boston muss." Ich zucke mit den Schultern, als ob mir das egal wäre. „Und außerdem habe ich momentan überhaupt kein Interesse an einer Beziehung."

TOM

Natürlich habe ich viel gelesen und weiß von der legendären Hilfsbereitschaft der Iren, gerade in den kleineren Dörfern, aber das hier fühlt sich wirklich wie in einem Film an. So viele Menschen, die helfen, ohne dafür mehr als ein Dankeschön und eine Mahlzeit zu bekommen.

Immerhin habe ich mich mit Paddy vom Pub und Joey vom Supermarkt darauf einigen können, dass ich ihnen die Lebensmittel und Getränke bezahlen darf. Was ziemlich langer Diskussionen bedurfte und ich habe nur gewonnen, weil ich mehrfach darauf hingewiesen habe, dass ich wirklich nicht am Hungertuch nage und es mir schon unangenehm genug ist, dass ich ihre Arbeitskraft unentgeltlich annehmen muss, damit der mögliche Gewinn des Hauses dadurch nicht geschmälert wird und Maeves Buchhandlung damit sicherer ist.

Jeden Tag helfen hier so viele Menschen mit, wenn sie die Zeit dafür haben. Selbst die Schule aus dem Nachbardorf kommt ab und zu mit ihren Schülern her, um hier praktischen Unterricht zu machen. Momentan ist Mrs. Flaherty mit ihren Kids im ehemaligen Küchengarten, den wir erst vor kurzem unter all dem Gestrüpp entdeckt haben.

Ich winke ihnen zu und mache die internationale Geste für Essen, indem ich mir etwas Imaginäres in den Mund schaufle, und die Fünftklässler jagen lachend ins Haus. Mrs. Flaherty kommt langsam hinterher.

„Tom, es macht wirklich Spaß, hier zu helfen“, sagt sie lächelnd, während sie ihre Handschuhe abstreift. „Ich hoffe, dass wir dazu beitragen können, dass das Projekt gelingt und wir das Fairytale Books retten können.“

„Das hoffe ich auch. Und so, wie Sie, Ihre Schüler und das ganze Dorf mit anpacken, muss es einfach ein Erfolg werden.“ Ich begleite sie zur Tür.

„Maeves Laden ist für viele Kids ein sicherer Ort, in dem sie nachmittags ihre Zeit verbringen können, auch wenn die Eltern lange arbeiten müssen.“ Mrs. Flaherty seufzt und fährt leiser fort. „Oder wenn es mal Stress zuhause gibt. Maeve hat immer ein freundliches Wort und oft einen Rat und ansonsten gibt es noch die Bücher. Ja, es ist keine Bücherei, aber sie bringt den Kindern bei, die Bücher so vorsichtig zu lesen, dass sie keinen Schaden nehmen und noch verkauft werden können.“

„So ein Ort darf nicht verloren gehen“, stimme ich ihr aus vollem Herzen zu. Sie tätschelt kurz meinen Arm und wir gehen gemeinsam zu den anderen ins Haus.

Maeve, ihr Dad und ihr Onkel Paddy geben Eintopf und frisches Brot aus und alle setzen sich an die Tische und beginnen, zufrieden zu essen.

Auch ich hole mir eine Portion und genieße das Gefühl von Kameradschaft. Ich sitze zwischen den

Bewohnern von Primrose Cove und fühle mich wie zuhause, während ich mit ihnen scherze und lache.

KAPITEL 10

MAEVE

Ich komme aus meinem Schlafzimmer und will in die Küche schlurfen, als Tom aus dem Bad kommt. Seine rechte Hand rubbelt mit einem Handtuch über seine dunklen Haare. Um die Hüften hat er ein anderes Handtuch geschlungen und mir bleibt spontan die Luft weg.

Er ist wirklich, wirklich gut gebaut. Ich kann sogar ein Sixpack unter seiner leicht behaarten Brust sehen. Normalerweise stehe ich ja nicht so auf Haare auf der Brust, aber bei Tom sieht das absolut sexy aus. Verboten sexy!

„Oh, guten Morgen, Maeve. Habe ich dich geweckt?“, fragt er lächelnd.

„Äh …“ Ich stelle fest, dass mein Sprachzentrum gerade blockiert ist und ich nicht mehr multitaskingfähig bin. Also sehen und sprechen gleichzeitig, überfordert mich offensichtlich. Ich räuspere mich. „Äh, nö.“

Amüsiert sieht Tom mich an.

Ich verdrehe kurz die Augen über mich und streiche mir die Haare aus dem Gesicht. „Sorry, ich bin noch nicht ganz wach. Guten Morgen, Tom. Konntest du nicht schlafen?“

Er runzelt die Stirn. „Doch, aber wir müssen doch den Laden aufmachen.“

Ich schüttle den Kopf. „Heute ist ein Feiertag. Saint Patrick’s Day.“

„Ja, aber wir haben doch den Laden extra geschmückt für heute.“ Verwirrt sieht er mich an.

„Das stimmt, weil es Tradition ist, Freude macht und dazugehört. Aber alle aus Primrose Cove sind heute entweder in Clifden oder Galway, um sich die Paraden anzusehen und die verschiedenen Bands zu hören. Hier findet heute wirklich gar nichts statt und alle Geschäfte machen zu. Selbst Joey und Paddy haben heute frei.“ Ich grinse breit. „Das ist bei uns im Dorf die Saint Patrick’s Tradition.“

Schmunzelnd nickt Tom. „Klingt wie eine sinnvolle Tradition. Und was machen wir heute?“

Mein Herz macht einen kleinen Hüpfer, als ich

seine Worte höre. Wir, ganz selbstverständlich hat er das gefragt, als ob wir zusammengehören würden. Ich reiße mich mal wieder zusammen. Das scheint in den letzten anderthalb Wochen mein Motto geworden zu sein, seit Tom hier aufgetaucht ist. „Also, normalerweise mache ich an diesem Tag etwas, was niemand erwartet.“ Ich zucke mit den Schultern und gähne. „Wenn das Wetter schön ist, gehe ich wandern, wenn es schlecht ist, sitze ich mit meinem Buch vor dem Kamin und schreibe.“

Überrascht sieht Tom mich an. „Du schreibst?“

„Habe ich das etwa laut gesagt?“

„Jawohl, hast du. Was schreibst du denn Schönes?“

„Ach, nur so vor mich hin. Nichts Weltbewegendes“, wiegle ich sofort ab. Er soll nicht denken, dass ich will, dass er meinen Roman liest oder gar verlegt.

TOM

Maeve sieht so süß aus, wie sie in ihrem Pyjama, mit einem Morgenmantel und den verwuschelten roten Locken im Flur steht. Sie scheint nicht völlig unbeeindruckt von meinem Körper zu sein, was mich ziemlich freut.

Ich bin überrascht, dass sie mir jetzt erst sagt, dass sie schreibt. Die meisten Autorinnen und Autoren teilen mir das in der Sekunde mit, in der sie hören, was ich beruflich mache. Aber Maeve ist da offensichtlich anders. Ich habe sogar das Gefühl, dass es ihr unangenehm ist, darüber zu sprechen. Also lasse ich das Thema erstmal auf sich beruhen, mache mir aber eine gedankliche Notiz, dass ich darüber unbedingt mehr erfahren will.

„Sag sowas nicht. Jede Schriftstellerin und jeder Schriftsteller hat etwas zu sagen, auch wenn es nur seine oder ihre Gedanken sind. Die können schließlich ganz schön weltbewegend sein." Ich zwinkere ihr zu. „Aber ich akzeptiere, dass du noch nicht darüber sprechen willst. Ich hoffe nur, ich werde der erste sein, der das Manuskript zu lesen bekommt, damit ich eine Chance habe, meinen Konkurrenten zuvorzukommen."

Ihr Lächeln ist eher abwehrend, was mir in der Seele wehtut. So sollte niemand aussehen, der von seinem Hobby oder Traum spricht. Denn dass es mehr ist, als sie mir weismachen will, wird ja schon dadurch deutlich, dass sie sich an so einem Tag dafür Zeit nimmt, wenn alle draußen feiern.

„Wenn du schreiben willst, suche ich mir eine andere Beschäftigung", biete ich an. „Wahrscheinlich sollte ich sowieso besser arbeiten. Betty hat mir noch ein paar Sachen geschickt, die ich durchsehen muss."

Ich sehe, dass sie kurz überlegt. „Weißt du was, Tom? Ich bin seit Jahren nicht mehr bei einer Parade gewesen. Wie wäre es, wenn wir uns dieses Jahr ein bisschen in den Trubel schmeißen?"

„Mit dir würde ich das sogar wagen. Ansonsten sind solche großen Veranstaltungen nicht so richtig mein Ding."

Maeve grinst. „Meins auch nicht. Ich dachte nur, du willst vielleicht mal so einen typisch irischen Feiertag erleben. Es ist wirklich ganz lustig.“

Ich nicke langsam. „Warum eigentlich nicht? Und wenn es uns zu viel wird, verschwinden wir einfach.“

Sie lächelt. „Das klingt nach einem großartigen Plan.“

Wir sehen uns die Parade in Clifden an und Maeve hat recht. Es ist wirklich ganz lustig. Die vielen fröhlichen Menschen und die Musik stecken einen mit ihrer guten Laune an. An jeder Ecke gibt es Hinweise auf verschiedenen Aktivitäten, von Konzerten über traditionelle Feierlichkeiten bis hin zu Prozessionen und Aufführungen von Tanzgruppen.

Die Menschen tragen grüne Kleidung oder Accessoires, um ihre Verbundenheit mit dem Nationalheld Saint Patrick zu zeigen, der als Gründer des Christentums in Irland gilt. Alles scheint grün zu sein an diesem Tag, sogar die Eiswürfel in den Getränken sind grün gefärbt. Ich lerne, dass das auf den Glauben zurückgeht, dass man für die Leprechauns, die irischen Kobolde, unsichtbar ist, wenn man grün trägt, und dass sie einen, wenn man es nicht tut, zwicken.

Nachdem mir das dritte Mal in den Hintern gekniffen wurde, weil ich keine grünen Sachen trage, frage ich Maeve aber doch, ob wir uns absetzen wollen.

„Ja, gerne. Lass uns gehen. Es sieht sowieso nach

Regen aus und mir reicht es jetzt auch“, stimmt sie erleichtert zu.

Wir nehmen uns noch etwas zu essen mit – natürlich mit viel grünem Gemüse – und fahren nach Hause.

Nach Hause. Wie schön sich das anhört. Die kleine Straße, die nach Primrose Cove und zur Buchhandlung führt, begrüßt mich wie einen alten Bekannten und es fühlt sich auch so an, als ob ich nach Hause käme.

KAPITEL 11

MAEVE

Tom ist schon zwei Wochen hier und fügt sich irgendwie nahtlos ins Dorf, das Fairytale Books und, wenn ich ganz ehrlich bin, auch in mein Leben ein. Als ob es Schicksal wäre.

Ich nehme meinen Tee und gehe wie jeden Morgen damit zum Fenster, um hinauszusehen. Heute liegt der Nebel, der vom Meer heraufzieht, über den kleinen Straßen. Es ist eine magische Stimmung und vielleicht bin ich deshalb so sentimental. Ich höre Tom ins Bad gehen und stelle mir vor, wie es wäre, wenn er für immer hierbleiben würde. Es ist schön, jemanden zu haben, mit dem ich lachen und reden kann, und es ist gar nicht so kompliziert und umständlich, ihn hier bei mir wohnen zu haben, wie ich anfangs dachte.

Energisch sage ich mir, wie so oft in den letzten Tagen, dass er bald wieder nach Boston abreist, und meine letzte Fernbeziehung mit Ben hat schon von Galway bis hier nicht gehalten. Wie soll dann etwas funktionieren, was durch den Atlantik getrennt ist?

Ho, Maeve! Ihr habt euch noch nicht einmal geküsst und du denkst an eine Beziehung?

Sofort gehe ich gegenüber meiner inneren Stimme in Verteidigungsstellung. Ich hatte mehrmals das Gefühl, er würde mich gerne küssen! Manchmal, wenn wir in der Buchhandlung zusammen lachen oder abends nach dem Essen vor dem Kamin sitzen und reden. Aber ich habe immer einen Rückzieher gemacht.

„Bekomme ich auch einen Tee?"

Ich quieke unwillkürlich und verschütte beinahe meinen! „Tom, schleich dich doch nicht so an mich heran!"

„Entschuldige, ich bin ganz normal gegangen und habe sogar die beiden knarrenden Dielen nicht ausgelassen." Er klingt milde empört.

Lachend drehe ich mich um. „Die hört man doch nur unten im Laden!"

„Ach sooo."

Grinsend steht er vor mir und mein Herz macht einen kleinen Hüpfer, wie jeden Morgen. Seine Haare sind nach hinten gekämmt, aber die eine vorwitzige

Strähne fällt ihm ins Gesicht, wie immer. Er trägt ein weißes T-Shirt mit langen Ärmeln und riecht nach dem fantastischen Aftershave, nach dem ich süchtig werden könnte.

Ich habe mich vorgestern sogar dabei erwischt, dass ich überlegt habe, mein Kopfkissen heimlich damit zu besprühen. Als ob ich 16 wäre! Ich merke, dass mir die Röte ins Gesicht steigt und erinnere mich an seine Frage. „Dein Tee steht noch in der Küche. Barry's mit Milch und 2 Stück Zucker, wie du es von Mum gelernt hast."

Sein Lächeln ist warm und liebevoll. „Danke. Bleib hier, ich hole ihn mir selbst."

„Davon gehe ich aus, Mr. Artisan. Ich bin ja nicht deine Assistentin", rufe ich ihm lachend hinterher.

„Aber du hast ihn mir immerhin gekocht", sagt er, als er kurz darauf neben mir steht. „Und dafür bin ich sehr dankbar", fügt er hinzu.

„Gerne. Das macht ja keine Umstände." Ich deute nach draußen. „Hoffentlich verzieht sich der Nebel nachher. Sonst sehen wir die Aussicht von Primrose Manor wieder nicht."

„Ich gebe keine Prognosen mehr über das Wetter hier ab!" Tom nippt an seinem Tee und gibt einen wohligen Ton von sich. „Wenn ich eins in meiner bisherigen Zeit in Irland gelernt habe, dann, dass das Wetter sich stündlich ändert und der Spruch mit den vier Jahreszeiten an einem Tag definitiv nicht übertrieben ist."

„Stimmt." Ich nicke. „Also, unser Plan für heute

steht? Wir machen uns gleich auf den Weg nach oben, wenn Molly hier übernimmt, und beginnen mit den Fenstern im ersten Stock?“

„Jawohl, genauso machen wir das.“ Tom nimmt noch einen Schluck Tee. „Roisins Kumpel hat übrigens doch die kaputten Fenster hinten im Morgenzimmer ersetzt.“

„Hattest du nicht gesagt, er hat keine Zeit?“

„Dachten wir, aber als er gehört hat, worum es geht, hat er sich die Zeit genommen. Du bedeutest den Menschen hier viel, Maeve.“

Eine Wärme steigt in mir auf, die nicht nur von Toms Gegenwart herrührt. Es ist bewegend, wie viele Leute mithelfen, das Manor zu verschönern, um den Buchladen zu retten. „Das ist ein schönes Gefühl“, sage ich leise. „Zu wissen, dass meine Arbeit wertgeschätzt wird.“

Tom legt seinen Arm um mich. „Das wird sie! Und wir werden es schaffen, dass du das Fairytale Books behalten kannst.“

Ich gebe mich für einen Moment der Stimmung hin und schmiege mich in seine Arme. Es fühlt sich verdammt gut an! „Das ist wundervoll!“ Und damit meine ich nicht nur den Laden, sondern auch Toms Nähe.

TOM

Maeve schmiegt sich an mich! Das erste Mal habe ich

das Gefühl, dass sie sich nicht sofort zurückzieht und dicht macht, wenn ich mich mehr als nur absolut freundschaftlich verhalte. Wobei sie meine Umarmung natürlich auch so interpretieren könnte, als ob ich es nur freundschaftlich meine.

Puh, diese Frau macht mich ganz verrückt. Ich stelle jeden Tag fest, wie sehr ich das Leben mit ihr genieße und wie sehr ich mir wünsche, es würde etwas mehr sein. Ich mag jede Facette von ihr.

Gestern habe ich sie bei einem Gespräch mit einer schwierigen Kundin beobachtet. Maeve ist immer höflich geblieben und hat jede Frage, die auf sie abgefeuert wurde, sachlich und humorvoll beantwortet. Und als die Kundin ihr unverblümt an den Kopf geworfen hat, dass sie als Provinzbuchhändlerin wohl kaum beurteilen kann, was gerade in Paris oder London en vogue ist, hat Maeve ihr nur mit einem Lächeln geantwortet, dass sie das auch nicht muss, weil sie ja in Primrose Cove Bücher verkauft und nicht in Paris oder London.

Das hat die Kundin so verblüfft, dass ihr dazu nichts mehr eingefallen ist und sie empört den Laden verlassen hat. Nur um nachmittags wiederzukommen und sich zu entschuldigen und das Buch zu kaufen, das Maeve ihr empfohlen hatte, weil es zur Urlaubsstimmung passt, die dieses Fleckchen Erde verbreitet.

Es war wie ein kleines Stück Magie. Und ich war schwer beeindruckt. Mal wieder.

„Bist du fertig? Dann sollten wir los“, unterbricht Maeve meine Gedanken.

„Natürlich!“ Ich lasse sie los und trinke schnell meinen Tee aus.

MAEVE

Innerlich schlage ich mir mit der Hand vor die Stirn. Ich habe ihn wieder abgeschreckt. Wir hätten doch auch einfach noch so zehn Jahre so stehenbleiben können. Aber nein, Miss Murphy zerstört den Augenblick mal wieder. Seufzend nehme ich ihm seine leere Tasse ab und gehe in die Küche.

„Alles okay mit dir?“, fragt er mich leise und kommt mir hinterher.

„Äh … ja, natürlich!“, sage ich schnell. Er soll bloß nicht mitbekommen, wie es mir geht. Ich setze ein breites Lächeln auf. „Komm, wir machen uns schnell auf den Weg. Wer zuerst beim Auto ist.“

Und mit den Worten schlängle ich mich zwischen ihm und der Kücheninsel durch und sehe zu, dass ich Land gewinne. Keine Ahnung, warum es mich so nervös macht, dass er so nett ist. Aber offensichtlich kann ich damit momentan nicht umgehen und dann ist Flucht immer noch die beste Wahl.

Schweigend fahren wir nach Primrose Manor und diesmal ist es kein gemütliches Schweigen. Ich merke, dass Tom angespannt ist und vermutlich habe ich dazu beigetragen. Gemischte Signale heißt das wohl in der Fachsprache.

Mein Herz versucht, mich davon zu überzeugen, dass ich ihn einfach fragen könnte, was er sich so vorstellt mit uns beiden, während eine Stimme in meinem Gehirn mich in militärischem Ton und amerikanischem Akzent anbrüllt, ob ich noch alle Tassen im Schrank habe und was ich mir einbilde.

Ob andere Menschen wohl auch so ticken? Ich habe darüber noch nie mit jemandem gesprochen, dass mein Gehirn irgendwie komische Sachen macht manchmal. Ein Kichern rutscht mir heraus.

„Darf ich mitlachen?“, fragt Tom freundlich.

Ich weiß nicht warum, aber in diesem Moment höre ich auf mein Herz, das mir deutlich zu verstehen gibt, dass jede Chance auf irgendetwas mit Tom nur dann zustande kommen wird, wenn ich ehrlich zu ihm bin und keine Maske aufsetze und ihn dauernd auf Abstand halte. Ich hole tief Luft.

„Also, ich habe mich gefragt, ob ich dich nicht einfach fragen könnte, was und ob überhaupt du dir etwas zwischen uns vorstellen kannst? Und gleichzeitig ist da ein amerikanischer Drill Sergeant in mir, der mich anbrüllt, wie ich auf so eine bescheuerte Idee komme“, sprudelt es aus mir heraus, während ich auf die Straße vor uns starre.

Tom sagt nichts. Gar nichts. Das ist meiner bisherigen Erfahrung nach nicht gut und deutet definitiv darauf hin, dass Drill Sergeant Maeve recht hatte! Ich würde am liebsten aus dem fahrenden Auto springen, so peinlich ist mir das Ganze, aber ich entscheide mich dafür, total erwachsen mit der Ablehnung umzugehen! Ich mache einen Witz daraus.

„Ich übe nur für die Comedy Show bei unserem Märchenfest. Das ist mir heute Morgen in den Sinn gekommen, dass es doch ganz witzig ist, mal so ein Gespräch im Kopf aufzuzeigen“, versuche ich zu retten, was nicht mehr zu retten ist, und lache. Zu laut und schrill. Aber vielleicht bemerkt er das nicht.

Wir halten vor dem Haus und Tom parkt den Geländewagen neben der Freitreppe. Ich will mich abschnallen und so schnell wie möglich rausspringen, aber meine Finger zittern und ich bekomme den verdammten Sicherheitsgurt nicht auf. „Ha ha, wenn das ein Film wäre, wäre es definitiv Slapstick!“ Wieso ist meine Stimme immer noch so schrill? Ich will hier raus, bevor ich vor Scham sterbe und doch anfange zu weinen!

Ich höre, wie Tom sich abschnallt, und spüre plötzlich seine Hand auf meiner. In aller Seelenruhe hält er mich sanft fest, als würde ich nicht gerade wie eine Irre agieren.

„Maeve, ich werde dich jetzt losmachen, aber nur, wenn du mir versprichst, nicht wegzulaufen, sondern aussteigst und wartest, bis ich auch draußen bin.“

Ich weigere mich, ihn anzusehen, und nicke nur. Es nützt ja nichts, ich muss mich dem ganzen Fiasko sowieso stellen. Spätestens heute Abend muss ich ihm wieder in die Augen sehen. Ich kann Tom ja schlecht aus der Wohnung werfen, nur weil ich mich ihm gegenüber bis auf die Knochen blamiert habe.

Der Sicherheitsgurt ist gelöst und ich mache betont langsam und absolut erwachsen die Tür auf und steige aus. Drill Sergeant Maeve klopft mir innerlich auf die

Schulter, dass ich immerhin nicht gestolpert bin und heule.

Eine Sekunde später ist Tom bei mir und legt seine Arme um mich. Freundschaftlich. Wie er es vorhin auch gemacht hat. Natürlich. Er mag mich. Wahrscheinlich wie eine Schwester. Also straffe ich die Schultern und mache es ihm leichter. „Du musst gar nichts sagen, es war wirklich nur ein Scherz. Wenn auch offensichtlich kein besonders guter, also lass es uns einfach vergessen!"

Er legt seine Hand sanft an meine Wange. „Sieh mich bitte an, Maeve."

Ich überlege kurz, stattdessen einfach ab jetzt für immer auf den Boden zu sehen, hebe aber trotzdem den Kopf.

TOM

Es ist fast ein bisschen erschreckend, wie sehr ich Maeve küssen will. Aber wir müssen vorher noch etwas klären. Ich sehe, dass ihre wunderschönen grünen Augen glänzen vor ungeweinten Tränen. Das tut mir leid. Ich hätte sofort etwas sagen sollen.

„Maeve, du bist eine unglaublich tolle Frau", beginne ich. Ich muss erstmal nach den passenden Worten für meine Gefühle suchen. Sie hat mich im Auto überrumpelt und ich habe gelernt, nicht immer sofort zu antworten, sondern erst einen Moment darüber nachzudenken.

„Es ist wirklich okay, Tom!“, unterbricht Maeve mich sofort. „Du musst mir nichts erklären. Es war wirklich nur ein dummer Witz.“

„Nein, Maeve. Ich möchte, dass du mir zuhörst“, versuche ich es erneut.

„Ich habe mich aber gerade schon lächerlich genug gemacht, Tom. Also lassen wir es doch einfach gut sein und machen weiter wie bisher!“

Ihre Stimme klingt, als ob sie jeden Augenblick brechen würde. Und ich bemerke, dass sie sich losmachen will. „Maeve, das reicht jetzt! Sei bitte mal für einen Moment still!“ Energisch ziehe ich sie näher an mich. Ihre Augen weiten sich überrascht. Ich lege auch meine andere Hand an ihre Wange und beuge mich zu ihr. Mein Daumen streicht zart über ihre Unterlippe. „Wie soll ich dich küssen, wenn du dauernd sprichst?“, murmle ich an ihrem Mund.

Ein leichtes Zittern läuft durch ihren Körper, was ich als Aufmunterung sehe. Sanft küsse ich meine irische Fee und weiß in diesem Moment, dass ich angekommen bin.

MAEVE

Toms Kuss ist zart und süß und so zauberhaft, dass ich mir wünsche, er würde nie enden. So küsst man doch niemanden, den man nur freundschaftlich gern hat! Ich lächle unter seinen Lippen. Wie sanft aber bestimmt er mein Gesicht in seinen Händen hält …

genau wie mein romantisches Herz es sich immer wünscht. Ich merke, dass mein Körper sich entspannt und nicht mehr fliehen will. Offensichtlich bemerkt auch Tom das, denn er löst sich kurz von mir.

„Also läufst du mir nicht mehr weg?"

Ich schüttle den Kopf.

„Das ist gut." Er lächelt mich an, streichelt noch einmal meine Wange und greift dann nach meiner Hand. „Lass uns vielleicht trotzdem lieber woanders hingehen, wo wir etwas ungestörter sind."

Siedend heiß fällt mir ein, wo wir sind, und ich sehe schnell zum Haus. Brenna hebt grinsend beide Daumen und Gladys legt ihre Hände aufs Herz. Peinlich berührt grinse ich ihnen zu und ziehe Tom mit mir. „Ja, lass uns schnell verschwinden. Auch wenn die Nachricht über unseren Kuss sowieso in zwei Nanosekunden im Dorf sein wird."

Tom lacht und winkt unseren Zuschauern fröhlich zu, bevor wir um die Ecke verschwinden.

Wir gehen durch den Garten in die Dornröschenecke. Hier haben wir vor ein paar Tagen ein total von Rosen überwachsenes Rondell gefunden, in dem sogar eine kleine Bank steht, von der aus man einen absolut traumhaften Ausblick auf die Landschaft und den Ozean hat.

Vom Haus ist dieser Ort nicht einsehbar, also können wir hier in Ruhe reden – und uns küssen. Ich will noch so viel mehr Küsse. Erstaunt bemerke ich, dass auf der Bank Kissen liegen und sehe Tom fragend an.

„Ist nicht von mir, aber ich nehme dankbar Platz."

Lächelnd setzt er sich und zieht mich auf seinen Schoß. Das ist mir ein bisschen unangenehm. Ich bin ja nicht gerade ein Leichtgewicht. Aber Tom hält mich fest, als ich aufstehen will.

„Bleib hier", flüstert er in mein Ohr. „Ich will dich nah bei mir haben."

„Ich bin dir bestimmt gleich zu schwer. Aber das ist nicht schlimm. Wir können doch auch nebeneinander sitzen." Ich höre mir selbst zu und schüttle innerlich den Kopf.

So wie Tom jetzt den Kopf schüttelt. „Maeve, ich bin ein großer, ziemlich starker Junge und ich kann das schon alleine entscheiden. Du wirst mir nicht zu schwer. Und ich möchte dich wirklich nicht loslassen. Also vertraust du mir, wenn ich dir sage, dass wir genau so, wie wir jetzt sitzen, perfekt sitzen?"

Ich seufze und lege meinen Kopf an seine Schulter. „Das fällt mir nicht leicht, weil Ben mir immer gesagt hat, ich müsste dringend abnehmen", murmle ich.

„Ben war offensichtlich in mehr als einer Hinsicht ein Idiot!" Tom schlingt seine Arme um mich und streichelt mein Haar.

„Ja, das war er wohl." Ich muss kichern. „Und er war auch nicht ansatzweise so stark wie du."

„Das höre ich gerne."

Ich kann das Lachen in Toms Stimme hören und hebe meinen Kopf, um ihn anzusehen. Mit meinen Fingern streiche ich über die Strähne, die ihm immer in die Stirn fällt, fahre dann die markanten Wangenknochen hinunter zu seinen vollen Lippen, die mich so sanft geküsst haben. „Du bist so schön."

Tom lacht leise. „Das hat mir auch noch niemand gesagt."

Ich setze mich auf. „Sind denn alle blind um dich herum?"

„Es ist nicht üblich, einem Mann solche Komplimente zu machen. Dass ich nicht zum Weglaufen aussehe, weiß ich schon. Aber …", er zuckt mit den Schultern, „… weiter habe ich mir nie Gedanken darüber gemacht."

„Dann lass es dir von mir sagen. Du bist wunderschön, Tom. Du siehst aus wie ein Romanheld." Ich tippe auf seine Nase.

„Danke. Aber genug von mir, meine kleine Feuerfee", sagt er lächelnd. „Du hast mir vorhin im Auto eine Frage gestellt, auf die ich dir noch eine Antwort schuldig bin."

„Feuerfee?" Ich kichere. „Wo kommt das denn her?"

Er wickelt sich eine Strähne meines roten Haars um den Finger. „Feurige Haare, feuriger Geist", sagt er leise. „Und Fee, weil du nicht nur das Fairytale leitest, sondern weil du meine irische Fee bist."

„Ich mag es", sage ich lächelnd.

„Perfekt. Sonst würde ich mich nach einem anderen Kosenamen umsehen."

Tom legt seine Hand wieder an meine Wange und

streichelt mich zart mit seinem Daumen.

„Um also auf deine Frage zurückzukommen, was und ob ich mir etwas vorstellen kann zwischen uns …“ Er seufzt. „Ich kann mir vieles vorstellen. Alles, meine Maeve. Aber zuerst, um das klarzustellen: Ich will dich seit unserem ersten gemeinsamen Abend küssen! Und ich wollte dich in den letzten zwei Wochen so oft küssen, dass es mich ganz verrückt gemacht hat, dass ich immer dachte, du reagierst überhaupt nicht auf mich und ich bin dir egal.“

Protestierend schnaube ich und will etwas sagen, aber Tom legt seinen Finger auf meine Lippen.

„Ich bin dran.“

Ich halte mich also zurück und höre ihm weiter zu.

„Immer, wenn ich dir näherkommen wollte, hast du einen Rückzieher gemacht. Entweder ist dir ein Buch eingefallen, was du noch unbedingt bestellen musstest, oder irgendwas anderes, weshalb du aufgestanden bist und mich zu Tode betrübt zurückgelassen hast.“

„Also hör mal!“, muss ich jetzt doch eingreifen. „Du hast doch immer das Thema gewechselt!“

„Ich?“ Verblüfft sieht er mich an. „Wann habe ich denn das Thema gewechselt?“

„Als wir in der Küche waren am dritten Abend und ich dich das Essen habe probieren lassen, da dachte ich das erste Mal, dass du mich vielleicht küssen würdest, aber dann warst du plötzlich kalt wie ein Fisch und hast irgendwas von Betty erzählt. Also dachte ich, dass …“ Ich weiß nicht, ob ich aussprechen soll, was ich gedacht habe. Ich sehe Toms Augenbrauen in die Höhe gehen.

„Du dachtest was?“, fragt er neugierig.

„Ich dachte, vielleicht läuft da was zwischen Betty und dir. Immerhin wäre das nichts Ungewöhnliches, wenn ihr etwas miteinander hättet. Sie scheint ja wirklich auch eine tolle Frau zu sein und ihr arbeitet schon so lange zusammen und du legst großen Wert auf ihre Meinung und hast ihr deinen Verlag anvertraut. Also …“ Ich verstumme.

„Also hast du falsche Schlüsse gezogen, aber auch nicht nachgefragt?“

Ich nicke. „Jetzt kommt mir das irgendwie komisch vor.“

Tom lacht leise, zieht mich erneut an sich und gibt mir einen zarten Kuss. „Ich wünschte, du hättest mich gleich gefragt. Dann hätten wir das hier vielleicht schon viel früher getan.“

„Ach ja?“

Er nickt ernsthaft. „Ja, ich denke schon. Ich hatte immer das Gefühl, dass du mehr daran interessiert bist, was aus dem Fairytale wird, als an mir. Und das hat meinem Ego ganz schön zugesetzt.“

„Quatschkopf“, schimpfe ich leise. „Du hättest ja auch mal was sagen können.“ Ich vergrabe meine Finger in seinen tollen Haaren und ziehe ihn in einen Kuss. Und mein Herz jubiliert. Mein ganzer Körper kribbelt und ich könnte laut lachen, so glücklich bin ich.

„Was stellst du dir denn so vor?", fragt er mich nach einer Weile.

„In einer perfekten Welt würdest du hierbleiben und alles würde so weitergehen wie die letzten zwei Wochen, nur noch schöner." Ich lege meinen Kopf wieder an seine Schulter.

„Ich würde so gerne hierbleiben", sagt Tom leise.

Ich seufze. „Aber du hast dein Leben in Boston. Und ich eben hier. Also noch. Ich verdränge den Gedanken, dass es vielleicht nicht ausreicht, Primrose Manor zu verkaufen, um das Fairytale zu retten."

„Wir finden einen anderen Weg, wenn es nicht reicht."

„Das wäre toll."

„Sind wir jetzt eigentlich offiziell zusammen?", fragt Tom ernsthaft. „Oder muss ich dir einen Zettel schreiben, auf dem du ankreuzen kannst, ob du mit mir gehen willst?"

„Nein, einen Zettel brauche ich nicht. Wir können einfach beschließen, dass wir zusammen sind. Und wie ich das Dorf kenne, beginnen sie, jetzt nach unserem ersten Kuss, wahrscheinlich schon heimlich mit den Hochzeitsvorbereitungen." Ich muss kichern. „Ich hoffe, das schreckt dich nicht ab, mit mir zusammen zu sein!"

„Das fürchte ich ehrlich gesagt nicht halb so sehr wie ein Gespräch mit deinem Vater oder deinem Onkel Paddy." Tom schluckt übertrieben und wischt sich über die Stirn.

„Solltest du aber!“, warne ich ihn lachend. „Die letzte Hochzeit war die von Mary und Charlie. Und das ist schon drei Jahre her. Alle sind ganz wild auf ein neues rauschendes Fest.“

Lachend drückt Tom mich an sich und vergräbt sein Gesicht in meinen Haaren. „Dann hoffe ich, dass du mich beschützt, meine feurige Fee.“

„Das mache ich“, verspreche ich und küsse ihn erneut.

TOM

Mit Maeve zusammen zu sein, fühlt sich einfach perfekt an. Am liebsten würde ich für immer hier im Rosengarten mit ihr sitzen, aber ich bemerke, dass sie fröstelt. „Ist dir kalt?“

Sie nickt. „Ja, ein bisschen. Aber ich will hier gar nicht weg.“

„Ich auch nicht“, gebe ich zu. „Vor allem möchte ich am liebsten unsere Zweisamkeit ein bisschen genießen, bevor alle über uns herfallen und ihre Meinung dazu kundtun.“

Maeve verzieht das Gesicht, dann grinst sie. „Ich habe eine Idee. Wir schleichen uns hinten ums Haus zum Auto und verschwinden ganz schnell. Ich schreibe Brenna, dass wir uns den Nachmittag freinehmen, und gebe Molly Bescheid, dass sie den Laden heute Abend zumachen soll und wir erst spät nach Hause kommen.“

„Warum kommen wir erst spät nach Hause?", frage ich neugierig.

„Weil wir zu einem meiner Lieblingsplätze fahren. In den Nationalpark. Da sind wir auf jeden Fall ungestört." Maeve sieht mich nachdenklich an. „Kannst du reiten?"

Ich nicke langsam. „Ein bisschen. Ein Freund von mir hat sich vor ein paar Jahren seinen Traum erfüllt und einen Reitstall aufgemacht. Ich war ein paar Mal dort und kann mich auf einem Pferd halten."

„Das reicht. Hast du Lust?"

Sie strahlt mich an und ich will nichts mehr, als dieses Strahlen dauerhaft zu sehen. Auch wenn ich mir etwas Kuscheligeres vorgestellt habe, begleite ich Maeve gerne, wohin auch immer sie mich entführen will. „I will follow you", stimme ich also den Hit aus Sister Act an.

„Wunderbar!" Maeve springt auf und zieht mich mit sich. „Auf zum nächsten Abenteuer!"

Lachend folge ich ihr.

KAPITEL 12

MAEVE

Es war eine spontane Idee, mit Tom reiten zu gehen. Ich will mit ihm alleine sein und nicht unter Beobachtung stehen. Zuhause hätte Molly wahrscheinlich auf jeden unserer Schritte oben in der Wohnung gelauscht, auch wenn sie das natürlich nicht böse meint. Und so lernt Tom mich außerdem noch besser mit all meinen Seiten kennen.

Als ob er nicht schon genug von dir gesehen hätte, versucht Drill Sergeant Maeve sich wieder einzumischen. „Ruhe!“, weise ich die Stimme in mir zurecht.

„Ich habe doch gar nichts gesagt“, wundert Tom sich, während er auf die Straße in Richtung Nationalpark abbiegt.

„Dich habe ich auch nicht gemeint“, erkläre ich ihm grinsend. „Ich muss mich manchmal selbst zurechtweisen.“

„Sei nicht so streng mit dir“, bittet Tom mich.

„Manchmal muss ich das sein. Die Stimme in mir nörgelt ziemlich oft an mir herum.“

„Ach so, ja, zu der Stimme kannst du ruhig streng sein.“ Er grinst. „So eine kenne ich übrigens auch. Ist das die, die einem immer einreden will, nicht gut genug, nicht stark genug, nicht xyz genug zu sein?“

„Genau. Wahlweise aber auch zu viel von irgendetwas zu sein.“ Ich nicke und sehe aus dem Fenster. „Das habe ich schon mein Leben lang. Zu laut, zu dick, zu belesen, zu schlau, zu uncool, zu abenteuerlustig, zu unspontan, zu bodenständig oder wahlweise zu abgehoben zu sein. Einiges davon hat die Stimme von anderen Menschen übernommen.“ Ich überlege einen Moment. „Eigentlich sogar ziemlich vieles, wenn ich so darüber nachdenke.“

„Es ist immer wieder erschreckend, wie oft die Urteile anderer Menschen über uns unser Bild von uns selbst prägen“, stimmt Tom mir zu. „Ich war immer der Nerd mit dem Bücherfimmel, der einen komischen Außenseitersport gemacht hat. Bei uns in der Schule wollten alle coolen Jungs Football oder Baseball spielen. Nur wenige haben Leichtathletik gemacht und ich bin oft ausgelacht worden. Aber später habe ich zwei Stipendien bekommen für die Uni und niemand hat mehr gelacht."

„Das ist wirklich toll. Ich kann mir gar nicht vorstellen, wie schwer es gewesen sein muss, ohne die Unterstützung der Familie aufzuwachsen." Seit er es mir erzählt hat, habe ich immer wieder daran denken müssen.

„Ein paar meiner Mitschüler hatten Familien, die so waren, dass mir mein Schicksal, allein zu sein, gar nicht so schlimm vorkam." Tom seufzt. „Aber um auf die Stimme zurückzukommen, die gemein zu dir ist. Ich nutze da immer einen kleinen Trick. Erinnere dich daran, wie es war, wenn du als Kind absolut glücklich warst. Kannst du das Gefühl einfangen?"

Ich nicke.

„Und war da irgendwas in dir, was nicht perfekt war?"

Ich überlege kurz. „Ich habe mir damals keine Gedanken darüber gemacht."

„Eben. Wir waren einfach da. Und glücklich. In dem Moment. Unser Gehirn hatte Sendepause und hat nicht permanent etwas beurteilt. Denn das ist es, was uns heute so unglücklich macht. Wir beurteilen uns dauernd selbst und nicht nur uns, sondern auch andere. Der ist hübscher, hat einen besser bezahlten Job, kann weiter springen, besser singen oder was auch immer. Das macht uns unglücklich."

„Stimmt. Und viele denken, es geht ihnen besser, wenn sie andere abwerten", murmle ich. „Deshalb sind Rezensionen oft so harsch und gemein. Es gab mal einen Touristen, der war eine Woche in Primrose Cove und hat allem und jedem auf allen Portalen eine schlechte Bewertung hinterlassen. Und warum? Weil seine Freundin ihn hier verlassen hat. Was überhaupt gar nichts mit uns zu tun hatte."

„Oh ja, solche Bewertungen kenne ich für unsere Verlagsbücher auch." Tom grinst. „Der Protagonist hat schwarze Haare, das gefällt mir nicht. Oder: Viel zu blutig das Buch. Äh, ja, es ist ein Thriller?"

Jetzt muss ich lachen. „Dabei fällt mir ein, dass mir mal jemand empört ein Buch zurückgebracht hat, weil es nicht seinen Erwartungen entsprach. Er hatte Mord im Orient Express gekauft, weil er den Titel nicht richtig gelesen hat, und dachte, das wäre eine Reisebeschreibung."

„Kann mir vorstellen, dass ihn das überrascht hat." Tom stimmt in mein Lachen mit ein.

„Hier müssen wir raus", sage ich, als wir an dem Schild vorbeikommen, das auf den Reiterhof aufmerksam macht. „Und wenn wir fertig sind, nehmen wir neuen Honig und Tee mit."

„Ach, hier kommt der tolle Honig her, den wir verkaufen?"

„Genau. Siobhan gehört der Hof und sie ist nebenbei auch Imkerin."

„Dein Vater hat wirklich nicht übertrieben, als er mir damals sagte, dass hier fast jeder mehrere Jobs hat."

Ich nicke. „Wir können eben alle alles."

„Das merke ich langsam."

Lachend parkt Tom den Wagen und kommt herum, um mir die Tür aufzumachen. In der Zeit bin ich aber schon ausgestiegen. „Wie unromantisch, entschuldige."

„Nur ein bisschen, aber das macht nichts. Dann küsse ich dich eben."

Tom lässt seinen Worten Taten folgen und wir versinken in einem Kuss, der mich die Welt vergessen lässt.

Bis ein lautes Wiehern sie wieder in Erinnerung bringt. Wir lösen uns voneinander und halten Ausschau nach dem Störenfried.

Am Gatter der Koppel neben uns stehen Misty, eins meiner liebsten Connemara-Ponys, und Fogger, ein großer gescheckter Tinker, der perfekt für Toms Größe ist.

„Darf ich vorstellen? Das ist Misty." Ich streichle ihre samtige Nase. „Sie ist ein ganz besonderes Tier. Sie ist extrem intelligent und hat immer Lust auf Abenteuer. Und das neben ihr ist Fogger, er ist ein Wallach. Außergewöhnlich sanftmütig und lieb und lässt sich durch nichts aus der Ruhe bringen - genau das richtige für dich."

„Klingt absolut wie das perfekte Pferd für meine Fähigkeiten." Tom krault Fogger hinter den Ohren, der sich sofort an ihn schmiegt.

„Sieht nach Liebe auf den ersten Blick aus." Ich strahle die beiden an.

Tom beugt sich zu mir und flüstert mir ins Ohr. „So wie bei uns."

„Also, ich weiß ja nicht. Ich wollte dich erst total doof finden."

Tom sieht mich empört an.

Ich mildere meine Antwort ab, indem ich ihn in einen weiteren Kuss ziehe. „Hat nicht lange gehalten, dafür fand ich dich viel zu nett und sexy und spannend", füge ich kichernd hinzu.

„Das beruhigt mich." Er legt grinsend den Arm um mich und zieht mich an sich.

Die Pferde schnauben wieder und schütteln die Köpfe, als ob sie alles verstanden hätten und sich über uns lustig machen würden.

„Hallo, ihr beiden!" Siobhan kommt aus dem Stall und lächelt uns beide an.

„Siobhan, das ist Tom. Tom, das ist Siobhan. Ihre Bienen machen den besten Honig weit und breit und ihre Pferde sind die besten für Ausritte durch den Nationalpark."

Ich sehe, dass Siobhan mir einen fragenden Blick zuwirft, bevor sie Toms Hand schüttelt.

„Willkommen auf meinem Hof. Ich habe schon einiges über dich gehört. Du bist der Verleger aus Boston."

Tom nickt. „Und ich durfte schon deinen fantastischen Honig probieren. Er schmeckt wirklich außergewöhnlich gut."

Siobhan strahlt und ich sehe, dass sie Toms Charme auch nicht widerstehen kann. „Wollt ihr nur neuen Honig holen?“

„Nein, wir wollen einen Ausritt machen. Sind Misty und Fogger frei heute Nachmittag?“, frage ich direkt.

„Sind sie, ihr habt Glück. Bei dir weiß ich, was du kannst, Liebes. Aber Tom, ich muss erstmal sehen, wie du dich im Sattel machst, bevor ich dich mit Fogger in die Wildnis entlasse.“

Tom nickt. „Mir ist es auch lieb, wenn ich mich erstmal wieder daran gewöhne, auf einem Pferd zu sitzen.“

„Dann ist das ja geklärt!“ Ich greife nach Toms Hand. „Komm, wir gehen uns umziehen.“

TOM

Wir können uns tatsächlich sogar Kleidung ausleihen. Das nenne ich mal Service und ist ziemlich ungewöhnlich, aber Siobhan erklärt mir, dass das einen Teil ihres Erfolges ausmacht, weil so viele Leute spontan Lust auf einen Ausritt bekommen, aber keine passenden Sachen dabei haben.

Jetzt stehe ich in Reithosen und Stiefeln und mit einem Helm am Reitplatz, wo Fogger schon gesattelt auf mich wartet.

„Na dann, mein Großer.“ Ich klopfe seinen Hals und schwinge mich in den Sattel. Erste Hürde genommen! Check.

Der Wallach macht ein paar unruhige Schritte, als er mein Gewicht spürt, aber beruhigt sich schnell wieder. Wir gehen erst im Schritt, dann im Trab und ich gewöhne mich wieder daran, im Sattel zu sitzen.

„Na komm, Fogger. Wir probieren mal einen kleinen Galopp, was meinst du?“ Brav springt er los und ich grinse übers ganze Gesicht, während wir ein paar Runden drehen. „Das macht so Spaß!“, rufe ich Siobhan und Maeve zu.

Maeve steigt auch auf und galoppiert eine Sekunde später mit Misty neben mir her. Ihre Haare wehen unter dem Helm und auch sie strahlt glücklich.

„Sieht aus, als ob ich dich gefahrlos mit ins Gelände nehmen kann.“ Sie hebt ihren Daumen.

„Viel Spaß euch beiden! Ich habe Maeve ein kleines Picknick in die Satteltaschen gepackt.“ Auch Siobhan nickt zustimmend und öffnet uns das Gatter.

Ich lasse Maeve den Vortritt, weil ich mich nicht auskenne, auch wenn Fogger natürlich weiß, wo es langgeht. Der Nationalpark Connemara liegt direkt vor uns und die Landschaft hier ist atemberaubend schön. Weite grüne Wiesen, kleine Bäche und Berge in der Ferne. Durch ein schmales Tor verlassen wir das Gelände von Siobhans Hof.

Der Park liegt ruhig da, nur das leise Schnauben unserer Pferde und das gelegentliche Krächzen eines Vogels unterbrechen die Stille. Wir reiten schweigend nebeneinander und genießen die Nähe des anderen. Ab und zu streifen unsere Hände sich ganz zufällig und jedes Mal fühlt es sich an, als würde ein

Stromschlag durch meinen Körper gehen.

Ich spüre Maeves Blicke auf mir und weiß, dass es ihr genauso geht wie mir. Ich halte ihr meine Hand hin und sie ergreift sie. So reiten wir jetzt nebeneinander her und halten uns an der Hand. Ab und zu müssen wir uns ducken, um nicht von überhängenden Zweigen gestreift zu werden. Ich sehe mich immer wieder begeistert um und ich freue mich, dass Maeve mir diesen Ort zeigt. Wir bleiben an einer Anhöhe stehen, von der aus es einen unglaublichen Blick über die Landschaft gibt.

„Das ist einer meiner Lieblingsplätze - ein Ort der Ruhe und des Friedens. Hier fühle ich mich immer geborgen, als ob die Natur selbst mich beschützt", sagt sie nach einer Weile leise.

„Das verstehe ich absolut. Es ist fantastisch hier!" Ich lächle Maeve an.

Die Sonne scheint auf ihr Gesicht, ihre roten Haare glänzen wie Feuer und ihre grünen Augen leuchten. Ich kann nicht widerstehen, sie zu berühren. Sanft streichle ich ihr über die Wange und beuge mich zu ihr, um sie zu küssen.

Maeve ist überrascht, aber dann erwidert sie meinen Kuss. Ihre Lippen fühlen sich weich an und schmecken nach Apfelkuchen. Meinem Lieblingskuchen, wie passend, schießt es mir durch den Kopf. Wir küssen uns ziemlich lange und leidenschaftlich, bis die Pferde ungeduldig mit den Hufen scharren und wir uns lachend voneinander lösen.

Maeves Wangen sind ein bisschen gerötet, was sie noch schöner macht.

„Wieso schmeckst du eigentlich plötzlich nach Apfelkuchen?“, frage ich neugierig.

Sie kichert. „Ich musste probieren, bevor Siobhan uns den Kuchen eingepackt hat.“

„Schmeckt wunderbar, ich freue mich auf weitere Apfelkuchenküsse!“ Zärtlich sehe ich sie an.

„Warte, bis du den Kuchen probiert hast. Komm, dort am See ist eine schöne Stelle, an der wir unser Picknick machen.“

Als wir am See ankommen, steigen wir ab und setzen uns ins Gras. Maeve packt unser Picknick aus und wir lassen uns den herrlichen Apfelkuchen und den Tee aus der Thermoskanne schmecken, während wir die Aussicht und das Wetter genießen.

MAEVE

Ich sitze mit diesem umwerfenden Mann auf einer Decke am Ufer des Sees und könnte die Welt umarmen. Die Sonne scheint warm auf uns herunter und ich fühle mich so wohl wie schon lange nicht mehr. Wir haben uns gerade erst kennengelernt, aber ich weiß bereits, dass er der Mann ist, mit dem ich mir vorstellen kann, den Rest meines Lebens zu verbringen. Das hatte ich so noch nie.

Ho, Maeve! Das ist vielleicht doch ein bisschen schnell! Ich muss grinsen. Dad erzählt immer, dass er in dem Moment, in dem er Mum das erste Mal gesehen hat, wusste, dass sie seine Frau wird. Also ist so etwas absolut möglich! Nix mit ho!

Wir sitzen einfach da, essen den Kuchen und genießen die Landschaft. Kein hektisches Reden, weil man die Stille nicht aushält. Ab und zu stiehlt er sich einen weiteren Apfelkuchenkuss und es fühlt sich an, als wären wir schon Ewigkeiten zusammen.

Jedes Mal, wenn er mich ansieht, spüre ich seine Zuneigung, und in diesem Moment gestehe ich mir ein, dass ich mich wirklich Hals über Kopf in diesen Mann verliebt habe.

Tom sieht mich fragend an. „Woran denkst du gerade?"

Ich lächle, weiß aber nicht, ob das zu früh ist. Klar, wir haben uns geküsst und so, aber kann ich ihm einfach sagen, was ich fühle? Warum eigentlich nicht? Wenn er davon abgeschreckt ist, ist er nicht der Richtige.

„Dass du ein ganz schön toller Mann bist." Ich sehe, wie seine Augen strahlen bei meinen Worten. „Und dass ich mich in dich verliebt habe."

Jetzt ist es raus! Ich zwinge mich, nicht zu lachen und keinen Rückzieher zu machen. Stattdessen sehe ich ihm in die Augen.

„Das trifft sich wunderbar!", sagt Tom mit einem breiten Lächeln. Er legt seine Hände an mein Gesicht und hält mich ganz zart. „Denn ich habe mich auch Hals über Kopf und ziemlich absolut in dich verliebt, meine irische Feuerfee."

Mein Herz macht einen wilden Hüpfer vor Freude und noch einen, als er seine Lippen auf meine legt. Unser Kuss ist süß und voller Versprechungen und ich wünsche mir, dass er nie endet.

TOM

Wer hätte gedacht, dass mir hier am anderen Ende der Welt und in dieser absurden Situation die Liebe über den Weg laufen würde? Maeve liegt in meinen Armen und wir genießen die Zweisamkeit. Fast tut es mir ein wenig leid um die Landschaft, die nur noch eine Nebenrolle spielt, weil ich meine Blicke nicht von Maeve lösen kann und will. Ihre wilden roten Locken umrahmen ihr schönes Gesicht mit den süßen Sommersprossen, die in den letzten Tagen etwas deutlicher hervorgetreten sind. Ihre grünen Augen leuchten fast unwirklich und ich bin einfach glücklich.

Alle Gedanken an die Zukunft schiebe ich weg in diesem Augenblick. Es zählt nur das Hier und Jetzt. Und dass wir beide glücklich sind.

Die Pferde grasen friedlich neben uns. Der Wind rauscht durch die Bäume und zaubert kleine Wellen auf die Wasseroberfläche, aber es ist nicht kalt.

Wir schweigen und es ist dieses wundervolle Schweigen, wenn man weiß, alles ist in Ordnung. Alles ist genau, wie es sein soll.

Ab und zu küssen wir uns und ich wünschte, der Augenblick würde für immer bleiben.

Mir schießt die Szene aus Faust durch den Kopf. Der Pakt, den er mit Mephisto eingeht.

Werd ich zum Augenblicke sagen:

Verweile doch! Du bist so schön!

Dann magst du mich in Fesseln schlagen,

Dann will ich gern zugrunde gehn!

Und wir alle wissen, wie tragisch die Geschichte für die Frau endet, die Faust angeblich geliebt hat.

„Was ist?", fragt Maeve mich plötzlich. „Wieso seufzt du so?"

Ich habe nicht mal gemerkt, dass ich geseufzt habe, aber ich erkläre ihr, woran ich gedacht habe.

Maeve schmiegt sich enger an mich. „Zum Glück ist Goethes Faust ein sehr altes Buch und wir sind sehr modern und schreiben unsere Geschichte selbst! Ich weigere mich, etwas anderes als glücklich zu sein."

„Das ist gut. Ich weiß auch nicht, das ist so eine Berufskrankheit. In vielen Momenten meines Lebens fallen mir Szenen oder Zitate aus Büchern ein."

„Kenn ich auch." Maeve nickt. „Ich habe allerdings gerade weniger an die Tragödie von Faust, als an ein paar Szenen aus Jane Austen Büchern gedacht. Oder vielleicht auch eher an die Verfilmungen. Ein schmucker junger Mann, eine romantische Szenerie …"

„Du willst aber nicht, dass ich jetzt in den See springe, um mein Hemd nass und dir den Mr. Darcy zu machen, oder?", frage ich lachend.

„Hm … du bringst mich da auf Ideen …“ Sie setzt sich auf und mustert mich genau. „Aber vielleicht verschieben wir das lieber auf ein anderes Mal. Du hast kein weißes Hemd an und außerdem will ich ja nicht, dass du dir eine Lungenentzündung holst, dafür ist es doch zu kühl und der Weg zurück zu weit.“ Jetzt sieht sie in den Himmel und zieht dann ihr Handy heraus. „Ich glaube, wir sollten uns auf den Rückweg machen, damit wir noch vor der Dunkelheit wieder bei Siobhan sind.“

„Also ist unser Abenteuer beendet?“, frage ich ein bisschen traurig.

„Wir haben noch den Ritt zurück und außerdem warten noch so viele Abenteuer auf uns.“ Sie schlingt ihre Arme um mich und legt ihre Stirn an meine. „Wir werden einfach immer die perfekte Mischung zwischen Abenteuern, Spannung und Entspannung für uns kreieren.“

Ich küsse sie erneut. Dieser Geschmack nach Maeve und Apfelkuchen ist einfach magisch. „Und ob wir das tun werden. Ich kann es kaum erwarten.“

KAPITEL 13

MAEVE

Wir sind gerade nach Hause gekommen und während ich den Honig unten neu platziere, ist Tom schon hochgegangen. Unterwegs haben wir uns eine Pizza mitgenommen, die wir gleich nochmal heißmachen werden. Freue mich schon drauf. Ich hatte ewig keine Pizza mehr. Ist ja nicht so, dass es hier Lieferdienste wie in einer Großstadt gibt, bei denen man mal eben anrufen kann.

Die Diele vorm Bad knarzt leise und ich seufze. Wie schön wäre es, jetzt ein Bad zu nehmen. Aber wir werden lieber gleich essen, denn Tom ist schon hungrig. Jedenfalls hat sein Magen laut geknurrt.

Als alles schön platziert ist, gehe ich nach oben. Ich schlüpfe in meine Filzpantoffel und betrete die Wohnung. Tom empfängt mich mit einem breiten Lächeln an der Tür.

„Ich habe dir ein Bad eingelassen mit dem tollen Badeschaum, der nach Lavendel riecht." Er hilft mir aus der Jacke.

„Danke, aber wollen wir nicht erst essen?", frage ich ein bisschen überrumpelt.

Er schüttelt den Kopf. „Ich kann noch ein bisschen warten. Ich weiß doch, dass du es liebst, nach einem langen Tag zu baden."

Das stimmt. Es ist traumhaft. Aber … erwartet er jetzt, dass wir zusammen baden? Ich weiß nicht, ob ich dazu schon bereit bin. Unsicher sehe ich ihn an.

„Du badest in Ruhe, während ich mit Betty spreche und mich auf den neuesten Stand bringen lasse. Danach kann ich schnell duschen und dann essen wir. Ich werde nicht verhungern. Der Apfelkuchen von heute Nachmittag wird mich noch eine Weile am Leben erhalten."

„Aber dein Magen hat so geknurrt", werfe ich ein.

„Das ist nur der Tiger in mir, der nach dir hungert." Er hebt seine Arme und knurrt laut. „Ich hab dich zum Fressen gerrrn!"

„Hilfe!" Kreischend laufe ich weg und Tom jagt mir hinterher. In der Küche treibt er mich in eine Ecke, nachdem er einfach über die Insel geflankt ist.

„Hab ich dich!"

Er schlingt seine Arme um mich und hält mich fest, als wollte er mich nie mehr loslassen. Und das wäre mir recht. Es passt einfach alles. Kichernd ergebe ich mich und gebe ihm seinen verdienten Kuss.

„Auch wenn das ein bisschen unfair war“, murmle ich schließlich an seinem Mund.

„Was war unfair?“, fragt er grinsend.

„Einfach über die Insel zu springen!“ Anklagend tippe ich auf seine Brust. „Niemand kann einfach über eine Kücheninsel springen.“

„Ähm, doch.“ Er strahlt mich an. „Jetzt weiß ich endlich, wozu der Hürdenlauf im Zehnkampf gut war.“

Ich muss lachen. „Das sah aber nicht aus wie beim Hürdenlauf. Das sah eher aus wie beim Parkour.“

„Auch eine schöne Sportart“, neckt er mich.

„Dabei fällt mir ein, hast du nicht morgen Training mit Charlie und dem Hurlingteam?“

Tom stöhnt auf. „Stimmt, was hast du mir da nur eingebrockt?“

„Ich? Du wolltest doch unbedingt Sport machen.“ Kichernd löse ich mich von ihm. „Und du wirst bestimmt toll sein! Ich komme auch zum Zuschauen.“

„Oh Gott. Das macht das Ganze noch schlimmer. Ich werde mich bis auf die Knochen blamieren!“

„So ein Quatsch. Es ist ein bisschen wie Baseball. Oder vielleicht eher Lacrosse. Auf jeden Fall wirst du es schon gut machen. Rennen kannst du ja.“

„Also gut. Wir werden sehen, wie ich mich schlage. Aber du musst mir versprechen, dass es keinen Einfluss auf deine Gefühle für mich hat, falls ich versagen werde."

Ich lege meine Hand auf seine Brust. „Ich verspreche es. Du wirst nicht ausgewiesen, weder aus Irland noch aus meinem Herzen, falls du nicht auf Anhieb in der Hurling-Liga mitspielen kannst."

„Das beruhigt mich immens." Tom gibt mir noch einen Kuss. „Und jetzt ab in die Wanne, Mylady. Entspann dich gut."

„Das werde ich. Schöne Grüße an Betty, unbekannterweise."

„Richte ich aus. Vielleicht kommst du nachher kurz dazu und sagst hallo, wenn du möchtest?"

„Mach ich. Bis nachher." Ich werfe Tom einen Luftkuss zu und verschwinde im Bad.

TOM

„... und zu guter Letzt gibt es ein neues Angebot von Creepbooks." Betty hält ein weiteres Blatt Papier in die Kamera. „Ist gerade reingekommen, deshalb habe ich es dir noch nicht gescannt und gemailt. Als ob da die eine Hand nicht wüsste, was die andere macht. Einerseits hetzen sie uns die Anwälte wegen der Grays auf den Hals und andererseits wollen sie Artom aufkaufen."

Lachend zucke ich mit den Schultern.

„Wahrscheinlich wissen die Abteilungen tatsächlich nichts voneinander. Die sind so groß, dass es durchaus sein kann. Zum Glück können wir eine Übernahme noch ablehnen. Und mit der Erbschaft wird es auch weiterhin so sein, selbst wenn wir noch ein bisschen länger nach neuen vielversprechenden Manuskripten suchen müssen."

„Genau. Die sollen uns bloß in Ruhe lassen." Betty nickt heftig und legt die Papiere zur Seite. „Aber jetzt zu dir, Tom. Also, dass Irland dir gut tut, bemerke ich ja schon die ganze Zeit, aber jetzt siehst du noch glücklicher aus."

„Bin ich auch", gebe ich zu.

„Und hat das etwas mit einer gewissen irischen Buchhändlerin zu tun?"

Grinsend nicke ich. „Hat es."

„Oh, Tom. Ich freu mich so für dich. Du hast es so verdient, glücklich zu sein." Betty lehnt sich vor und hebt ihre Kaffeetasse. „Auf euer Glück."

„Danke." Ich hebe mein Wasser. „Bleib noch einen Moment dran. Ich höre, dass Maeve fertig ist." Schnell stehe ich auf und öffne meine Zimmertür.

Maeve ist in ihren Bademantel gehüllt und hat ein Handtuch um ihre Haare geschlungen. Sie sieht zauberhaft aus.

„Du duftest immer nach Sommer." Ich atme tief ein und lege meinen Arm um sie. „Betty ist noch dran, kommst du kurz mit?"

„So?" Maeve deutet auf ihren Bademantel.

„Willst du dich erst umziehen? Musst du nicht. Das ist ja kein offizielles Meeting. Aber wenn es dir lieber ist, verstehe ich das auch."

Sie überlegt einen Moment, dann zuckt sie mit den Schultern und lacht. „Ich bin ja quasi angezogen."

„Finde ich auch. Komm. Betty ist schon ganz neugierig auf dich." Ich greife nach ihrer Hand und ziehe sie mit mir.

MAEVE

Betty ist eine liebenswürdige Frau. Ich verstehe sofort, warum Tom so große Stücke auf sie hält. Wir unterhalten uns kurz, bis Toms Magen wieder laut knurrt.

„Ich lasse euch jetzt in Ruhe." Betty lächelt. „Klingt, als sollte zumindest Tom etwas essen."

„Wir machen uns gleich etwas." Tom nickt und sieht auf die Uhr. „Und du triffst dich jetzt mit Trixi? Vielleicht klappt es ja."

Betty nickt und nach einem letzten Winken beendet Tom die Konferenz.

„Wer ist Trixi?", frage ich neugierig.

„Beatrix Macfarnly", sagt Tom beiläufig.

Ich starre ihn an. „*Die* Beatrix Macfarnly?"

„Ich kenne nur eine." Seine Augen blitzen schelmisch.

„Tom Artisan! Du sagst mir gerade, dass Betty mit der Queen of Kitsch einen Termin hat?"

„So ist es. Trixi und Betty kennen sich von der Uni und sind über all die Jahre in Kontakt geblieben."

„Ist nicht wahr!"

Grinsend hebt er eine Augenbraue. „Warum sollte ich dich anlügen?"

„Ich habe all ihre Bücher gelesen", platzt es aus mir heraus. „Sie ist …" Ich verstumme, als mir einfällt, mit wem ich rede. Tom ist auf Krimis und Thriller spezialisiert und kann mit romantischen Liebesromanen wahrscheinlich, wie so viele Männer, nichts anfangen.

„Sie ist eine fantastische Autorin, die Millionen von Menschen mit ihren Büchern glücklich macht?", beendet Tom den Satz.

Skeptisch sehe ich ihn an, aber es ist kein Spott in seinem Gesicht zu sehen. „Richtig. Ich liebe, ihre Art zu schreiben. Das sind meine Feelgood-Bücher. Meinst du, Betty kann mir mal ein signiertes Buch besorgen?", frage ich aufgeregt.

„Das lässt sich bestimmt einrichten. Vielleicht ja eins, das sie bei Artom rausbringt?" Er zwinkert mir zu.

„Du hast gesagt, du überlegst, das Angebot zu erweitern, aber ich habe nicht gedacht, dass du dabei über Liebesromane nachdenkst." Ich runzle die Stirn. „Viele Verlage und natürlich die Literaturkritiker rümpfen die Nase über diese Art von

Unterhaltungsliteratur."

„Ja, ich weiß. Krimis und Thriller werden gerade von den Kritikern ja auch oft verschmäht, aber ich kann das nicht nachvollziehen. Ebenso wenig wie dieses Abwerten von Liebesromanen. Natürlich gibt es auch dort, wie überall, qualitative Unterschiede, aber warum das Genre so viel Hohn und Spott erntet, ist mir ehrlich gesagt nie ganz klar geworden. Die größten Klassiker der Literaturgeschichte sind Liebesgeschichten. Die Liebe inspiriert die Menschheit schon immer."

„Das sage ich auch immer! Ein Liebesroman ohne Happy End, bei dem am besten alle noch tragisch sterben am Ende, ist hohe Literatur, aber ein Liebesroman mit Happy End ist sofort Schund." Ich umarme Tom stürmisch. „Wenn du nicht schon mein Traummann wärst, spätestens mit diesen Worten wäre es um mich geschehen! Diese Arroganz der Menschen, zu behaupten, dass nur Dramen oder schwere Kost gute Literatur sein können, geht mir echt auf den Keks. Nicht jeder Mensch will in seiner Freizeit auch noch Dramen lesen, und dass es kein Happy End für alle gibt, sehe ich jeden Tag im echten Leben."

„Exakt", stimmt Tom mir zu. „Und deshalb lasse ich Betty anfragen, ob Trixi sich vorstellen könnte, ein Buch bei uns zu veröffentlichen."

„Das wäre toll! Ich drück dir die Daumen!"

„Danke." Tom gibt mir noch einen Kuss. „Jetzt dusche ich schnell, dann können wir uns demnächst die Pizza in den Ofen schieben."

„Das eilt ja noch nicht so sehr, wie du vorhin gesagt hast. Du darfst jetzt auch erstmal baden." Lächelnd nehme ich seine Hand und ziehe ihn hinter mir her.

„Wie früher? Alle baden nacheinander? Ist das Wasser nicht schon kalt?"

Ich höre das Lachen in seiner Stimme. „Quatschkopf. Ich habe die Wanne sogar geputzt, bevor ich dir das Bad habe einlaufen lassen. Ich weiß noch genau, wie sehr du dich am ersten Abend hier auf und über die Wanne gefreut hast."

Toms Blick ist unbezahlbar. „Das ist sehr süß von dir."

„Und ich leihe dir einen meiner Bademäntel." Ich zeige auf den Stuhl, auf den ich den übergroßen Winterbademantel gelegt habe. „Der ist so gemütlich und müsste dir auch passen."

„Danke." Tom legt seine Wange an meine. „Tatsächlich freue ich mich wie verrückt auf eine Wanne. Die ungewohnte Haltung vom Reiten ist mir ganz schön in die Muskeln und Knochen gefahren."

„Das glaube ich. Ich kann dir nachher noch eine gute Salbe geben, nach einem Rezept von meiner Granny. Hilft gegen jede Form von Muskelkater."

„Alles klar. Bin gespannt. Dann bis nachher."

Nach einem letzten Kuss lasse ich ihn alleine und hüpfe in die Küche. Da Tom wahrscheinlich mindestens eine halbe Stunde im Wasser sein wird, hole ich mir ein Glas Wein und mein Manuskript und kuschle mich vor dem Bollerofen aufs Sofa.

Wie üblich bin ich so versunken in meiner Geschichte, dass ich die Zeit vergesse, deshalb schrecke ich hoch, als Tom ins Wohnzimmer kommt. Hastig lasse das Manuskript unter einem Kissen verschwinden. Gerade noch rechtzeitig, bevor Tom sich von hinten über das Sofa beugt und seine Arme um mich legt.

„Das war so entspannend. Eine absolut fantastische Idee, meine Feuerfee."

„Das freut mich. Jetzt sind wir also beide absolut entspannt", behaupte ich, obwohl in dieser Sekunde gerade das Gegenteil bei mir der Fall ist. Das war knapp!

Jetzt, wo ich weiß, dass er überlegt, Liebesromane zu verlegen, will ich noch viel weniger, dass Tom mein Manuskript liest. Sonst denkt er vielleicht, er müsste mir einen Vertrag anbieten, nur weil wir zusammen sind. Ich bin froh, dass ich bisher alle Fragen nach meiner Schreiberei geschickt abgewendet habe. „Lass uns die Pizza aufwärmen und dann gemütlich essen. Willst du auch ein Glas Wein?"

Tom mustert mich aufmerksam. „Alles okay mit dir, Maeve?"

„Ja, ich hab mich nur ein bisschen erschreckt. Ich bin es nicht gewöhnt, dass sich jemand anschleicht."

„Dann werde ich demnächst mehr stampfen müssen." Tom lacht und macht sich auf in die Küche.

TOM

Mit Maeve, Wein und Pizza vorm Bollerofen zu sitzen nach so einem Tag, kommt meiner Vorstellung von absolutem Glück schon ziemlich nah.

Wir unterhalten uns über Gott und die Welt und Bücher und ich verliebe mich mit jedem Wort mehr in meine feurige irische Fee. Maeve ist einfach unglaublich. Und ich hätte nie geglaubt, dass ich so eine Frau finden würde.

Sie liegt in meinem Arm und ich höre, wie ihr Atem ruhiger wird und sie beginnt, einzuschlafen. Ich würde nichts lieber tun, als mit ihr hier sitzenzubleiben, aber ich weiß, dass wir beide keine Zwanzig mehr sind und es morgen absolut bereuen werden, auf dem Sofa geschlafen zu haben. Also beuge ich mich zu ihr. „Maeve, Süße, wir sollten ins Bett gehen“, flüstere ich ihr ins Ohr.

„Was?“ Verschlafen mustert sie mich, bis ihr Blick ein bisschen klarer wird. „Ach ja, du hast recht. Aber es ist sooo gemütlich.“

„Ist es, aber komm, ich bringe dich ins Bett.“

„Dass das mal wieder jemand zu mir sagen würde.“ Sie kichert leise und setzt sich gähnend auf.

„Ich trage dich rüber.“ Bevor sie wieder behauptet, sie sei zu schwer, schiebe ich meine Arme unter ihre Beine.

„Tom!“ Jetzt ist sie hellwach. „Ich bin viel zu schwer für dich!“

Wusste ich es doch. Ich seufze. „Wieso glaubst du immer noch, dass ich meine Kräfte nicht richtig einschätzen kann? Ich werde dir beweisen, dass ich ein großer, starker Junge bin.“ Und ohne weiter auf ihre Proteste zu achten, lege ich meinen anderen Arm um ihren Rücken.

Mit einem kleinen Quietschen schlingt sie ihre Arme um meinen Hals und bricht in ein eindeutig panisches Lachen aus, als ich Anstalten mache, aufzustehen. Nein, so ist es nicht richtig! „Vertraust du mir?“, frage ich ernst.

Irritiert sieht sie mich an. „Ja, natürlich.“

„Auch wenn ich dir sage, dass ich dich tragen kann und du mir nicht zu schwer bist?“

„Äh ...“ Sie presst kurz die Lippen zusammen.

„Schade.“ Ich lächle sie beruhigend an. „Also sind wir noch nicht so weit. Ich möchte nicht, dass du denkst, ich setze mich über deine Gefühle und Grenzen hinweg.“

Jetzt sieht sie mich erstaunt an.

„Natürlich merke ich, dass du dich total unwohl bei dem Gedanken fühlst, dass ich dich ins Bett trage. Und ich möchte, dass du dich immer wohl mit mir fühlst.“ Ich lasse sie los, stehe auf und halte ihr stattdessen meine Hand hin. Ohne zu zögern, greift sie nach ihr und lässt sich von mir hochhelfen.

„Es ist nur so ...“ Sie sucht sichtlich nach Worten. „Ich weiß, dass ich keine Gazelle bin und das ist auch nicht schlimm. Wie eine Ärztin von mir immer sagte:

Wir haben nun mal alle unterschiedliche Körperformen und man kann aus einem Bernhardiner auch keinen Windhund machen." Maeve grinst schief, seufzt und sieht zu Boden. „Aber Ben hat mich immer getriezt, dass ich abnehmen soll, weil er mich sonst nie über die Schwelle tragen wird, falls wir mal heiraten." Ihre Stimme ist ganz leise und trotzdem höre ich die Verletzung heraus.

„Habe ich schon mal erwähnt, dass Ben ein Idiot ist?", frage ich freundlich.

„Vielleicht." Maeve hebt den Kopf.

„Ist er. Ein ganz gewaltiger sogar! Und wahrscheinlich ist er ein armes Würstchen, das weder Kraft in den Armen noch in den Beinen hat." Ich zucke mit den Schultern. „Aber ich bin trainiert und groß und ich kann dich mit Sicherheit nicht nur hochheben, sondern auch durch die Wohnung tragen, ohne dass ich mich dabei verausgabe."

Maeve sieht noch nicht überzeugt aus.

„Also verschieben wir das auf ein anderes Mal." Ich nehme sie in meine Arme und küsse sie. „Hm. Diesmal schmeckst du nach Rotwein. Auch lecker."

Maeve kichert und ich merke, dass sie sich entspannt.

„Darf ich dich zu deinem Zimmer begleiten?"

Mit einem Kichern hängt sie sich bei mir ein. „Du darfst! Und nicht nur das! Ich will, dass du bei mir bleibst."

KAPITEL 14

MAEVE

Ich stehe in der Küche und summe vor mich hin, während ich uns Frühstück mache. Der Kaffee läuft auch schon durch. Ich höre Tom im Bad. Er hat noch geschlafen, als ich aufgestanden bin.

Wir haben die Nacht in meinem Bett verbracht. Ohne Sex. Kuschelnd und schlafend. Und ich hatte überhaupt nicht das Gefühl, dass er etwas anderes erwartet. Er hat einfach von hinten seine Arme um mich geschlungen, meine Arme gestreichelt und mir ab und zu einen Kuss auf die Schulter gehaucht, bis er eingeschlummert ist. Es war traumhaft, seine warme Haut an meiner zu spüren und seinem ruhigen Atem zu lauschen, bis ich selbst auch eingeschlafen bin.

Tom ist wirklich ein Traummann. Ich hatte ein bisschen Angst, dass ich ihn vor den Kopf gestoßen habe, als er mich hochheben wollte, aber er hat so reagiert, wie es sein sollte. Er hat meine Gefühle wahrgenommen und sie nicht kleingeredet. Mein Herz hüpft immer noch, wenn ich daran denke. So eine Beziehung hatte ich noch nie.

Ben war eher von der Sorte beleidigte Leberwurst, wenn er sich etwas in den Kopf gesetzt hatte, was ich dann nicht so prickelnd fand, und auch die Freunde, die ich vorher hatte, waren nicht von Toms Kaliber.

Ich seufze tief, tanze ein paar Schritte zum Radio und stelle es an. Miley Cyrus singt davon, dass sie sich selbst Blumen kaufen und ihre eigene Hand halten kann. Recht so, Mädel. Ich mag den Song. Singend mache ich mich daran, Teig anzurühren.

„Ich hoffe, du hast nichts dagegen, wenn ich dir auch Blumen kaufe?", fragt Tom, als er zu mir in die Küche kommt.

Er legt seine Hände von hinten um mich und küsst meinen Hals, während er sich mit mir im Takt der Musik bewegt. „Auf keinen Fall, ich liebe Blumen", sage ich grinsend.

„Dann ist es ja gut. Und was ist mit Händchenhalten?" Er streichelt meinen Arm zu meiner Hand hinunter.

„Auch das ist genehmigt."

„Wunderbar!" Neugierig sieht er über meine

Schulter. „Was wird das?“

„Pfannkuchen. Ich finde, heute ist ein Tag für Pfannkuchen zum Frühstück.“

„Da bin ich ganz deiner Meinung! Heute ist der perfekte Tag für ein Pfannkuchenfrühstück.“

Tom schmiegt sich noch enger an mich und ich könnte platzen vor Glück. „Hast du gut geschlafen?“, frage ich.

„Wie ein Murmeltier.“

Tom küsst meine Halsbeuge und Gänsehaut läuft über meinen Körper. „Wenn du so weitermachst, kann ich nicht mehr klar denken.“

„Wenn du mir sowas sagst, muss ich leider weitermachen.“ Er lässt seinen Worten Taten folgen und seine Küsse lassen meine Knie schwach werden.

„So gefällt mir das“, flüstert er in mein Ohr.

„Mir auch.“ Ich schmiege mich an ihn und vergesse, den Teig weiter zu rühren. Manchmal muss man eben Prioritäten setzen. Und das ist definitiv so ein Fall.

TOM

Wir haben die Pfannkuchen doch noch zum Frühstück bekommen, auch wenn wir uns vorher etwas Zeit zum Schmusen genommen haben. Jetzt ist Maeve runtergegangen und macht das Fairytale auf. Ich habe noch ein paar Sachen zu erledigen, die heute

Nachmittag fertig sein müssen, damit Betty sie bekommt, also haben wir meine Schicht getauscht.

Ich räume unser Frühstücksgeschirr weg und hole die Weingläser, die noch von gestern auf dem Wohnzimmertisch stehen. Dabei fällt mir auf, dass etwas unter dem Kissen hervorlugt. Als ich es hervorziehe, sehe ich, dass es ein ausgedrucktes Manuskript ist.

Ich weiß natürlich sofort, dass es von Maeve sein muss, weil ich meine Manuskripte alle schon ausgelesen habe und sie fein säuberlich in meinem Zimmer gestapelt sind.

Und ich weiß auch, dass sie eigentlich nicht möchte, dass ich es lese, sonst hätte sie es nicht versteckt und würde mich nicht immer abwimmeln, wenn ich danach frage. Und jetzt leuchtet mir auch ein, wieso sie gestern so zusammengeschreckt ist, als ich ins Wohnzimmer kam!

Ich will das Manuskript schon zuklappen, als mein Blick auf einen Satz fällt, der mich sofort neugierig macht. ‚In ihren Augen war so viel Schmerz zu sehen, dass ich ihn körperlich fühlen konnte. Was hatte ich getan?' Ja, was hatte die Person getan? Ich lese noch ein paar Zeilen. Und dann noch ein paar. Maeve schreibt wirklich gut. Lebendig und mitreißend.

Die Neugier übermannt mich. Ich setze mich hin und blättere nach vorne. Ich schwöre, ich will nur kurz hineinlesen, ob der Anfang auch so gut ist.

Drei Stunden später schreckt mich mein Handy auf,

das mir mitteilt, dass ich Betty anrufen soll. Und ob ich das werde! Ich schnappe mir das Manuskript und laufe in mein Zimmer. Kaum ist Betty auf dem Bildschirm zu sehen, sprudeln die Worte nur so aus mir heraus! „Du wirst es nicht glauben, aber ich habe ein Buch gefunden, das wir unbedingt verlegen müssen! Es ist fantastisch. Maeve hat es geschrieben!“

Ich sehe Bettys skeptischen Blick.

„Nein, ich sage nicht, dass es fantastisch ist, weil ich in Maeve verliebt bin! Wirklich nicht. Du solltest mich besser kennen!“

„Also gut.“ Sie seufzt. „Welches Genre?“

„Liebesroman. Warte, ich lese dir gleich etwas vor.“ Ich blättere zu der Stelle, die ich mir ausgesucht habe.

„Das klingt wirklich richtig gut. Trixi wäre grundsätzlich auch interessiert, möchte aber lieber nicht die Erste sein, die bei uns veröffentlicht in dem für uns fremden Genre. Denn wenn es nicht funktioniert, kann es ihrer Karriere schaden. Also könnte vielleicht Maeves Buch unser Einstieg sein?“

Ich wundere mich ein bisschen, denn was sollte nicht funktionieren, wenn eine Bestsellerautorin ein neues Buch veröffentlicht. Ist den Leserinnen und Lesern doch meistens egal, bei welchem Verlag das Buch verlegt wird. Aber darum kann ich mich jetzt nicht kümmern. Ich bin so begeistert, dass ich Betty jetzt erstmal weitere Teile aus Maeves Buch vorlesen muss.

MAEVE

Tom ist so still oben, dass ich mich frage, ob er vielleicht wieder eingeschlafen ist. Was Quatsch ist, er ist sonst auch ruhig, wenn er arbeitet. Ich bin nur ein bisschen enttäuscht, dass er nicht wenigstens einmal kurz eine Pause gemacht hat, um nach unten zu mir zu kommen und sich einen Kuss zu stehlen.

Ich könnte den ganzen Tag mit ihm knutschen. Heute ist der Laden aber so voll, dass ich keine Zeit habe, mal eben hochzugehen.

„Das macht dann 28 Euro", sage ich der Touristin, die ein Buch mit einem von Ryans Schutzumschlägen und ein Glas Honig ausgesucht hat. „Soll ich irgendwas davon als Geschenk einpacken?"

„Oh, das wäre toll. Ich möchte den Honig meiner Schwester mitbringen."

„Gerne." Ich suche passendes Papier heraus und beginne, das hübsche Glas einzupacken.

„Ich habe gehört, dass Sie am Wochenende ein Fest hier feiern?", fragt die Kundin.

Ich nicke. „Ja, wir feiern unser Märchenfest. Es ist mittlerweile schon eine Tradition geworden. Hier im Buchladen gibt es vormittags einen Workshop rund um Buchdruck und Bücher von einem Verleger, nachmittags Lesungen für die Kinder und abends für die Erwachsenen, aber auch in anderen Geschäften werden spannende Sachen angeboten. Joey vom

Supermarkt zeigt, wie früher Butter gemacht wurde, bei Paddy im Pub erfährt man etwas über die Geschichte von Primrose Cove und überall gibt es Kunsthandwerk aus der Gegend, das die Bewohner ausstellen. Es ist ein großer Spaß."

„Klingt wundervoll. Ich werde meinen Mann überreden, nochmal hierherzufahren."

„Das würde uns freuen. Viel Spaß mit dem Buch und beim Verschenken."

„Danke." Die Kundin geht hinaus und ich will gerade hochgehen, als Charlie den Laden betritt. Er hat seine Sporttasche dabei.

„Hi Maeve", begrüßt er mich. „Ist Tom schon bereit?"

Ich sehe auf die Uhr. „Es ist noch nicht mal halb zwei. Ich dachte, ihr trainiert erst heute Abend?"

„Wollten wir eigentlich, aber Mary hat heute Abend drei Neuankömmlinge und ich will ihr vorher helfen, alles herzurichten."

„Und die ganze Mannschaft konnte spontan heute Nachmittag freinehmen?", wundere ich mich.

„Nun ja, wir wollen nur ein kurzes Training in der Mittagspause einschieben. Aber wenn wir es jetzt nicht machen, dann schaffen wir es erst wieder nächste Woche."

„Tom ist oben." Ich deute zusätzlich mit dem Finger an die Decke. „Keine Ahnung, ob er spontan Zeit hat."

„Wieso weißt du nicht, ob er Zeit hat? Man hört

doch, dass ihr beide …“ Charlie verstummt, als er mein Gesicht sieht.

„Was hört man?“

„Äh … nichts! Geht uns ja auch gar nichts an.“

„Ganz genau, Charles Foley! Es geht euch überhaupt nichts an, was zwischen mir und Tom ist.“ Ich stemme meine Hände in die Hüften.

„Aha, also ist da etwas zwischen euch?“ Charlie grinst mich breit an.

Ich seufze tief und gebe auf. Es wissen zu diesem Zeitpunkt ja wahrscheinlich sowieso schon alle im Dorf, dass wir uns geküsst haben. „Ja, wir sind offiziell ein Paar.“

Charlie kommt zu mir und umarmt mich. „Freut mich. Tom ist ein feiner Kerl. Und außerdem lassen sie Mary und mich dann mal in Ruhe wegen Kindern.“ Er zwinkert mir zu. „Jetzt werdet ihr beiden erstmal wegen einer möglichen Hochzeit genau unter die Lupe genommen.“

Ich muss lachen. „Verdammt, da hast du recht. Ich habe Tom schon gewarnt, aber vielleicht sagst du ihm auch nochmal was dazu. Ich glaube, er weiß wirklich nicht, was auf ihn zukommen könnte.“

„Mach ich.“ Charlie salutiert und macht sich auf den Weg nach oben.

Zehn Minuten später kommen die beiden wieder nach unten. Tom sieht nur mäßig begeistert aus.

„Ich habe ihm versprochen, dass es ihm Spaß machen wird.“ Charlie klopft Tom auf die Schulter.

„Wunderbar.“ Ich lächle und bewundere Tom in seinen Sportklamotten. Okay, er trägt eine dunkelgraue Jogginghose und ein Trikot von Charlie, der eine ähnliche Figur wie Tom hat, wenn er auch etwas kleiner ist. Aber Tom sieht zum Anbeißen aus.

„Wünsch mir Glück!“, flüstert er mir zu, als wir uns mit einem Kuss verabschieden.

„Viel Glück!“, wünsche ich ihm und wende mich an Charlie. „Ich bitte dich, ihn heil zu lassen.“

„Keine Sorge, Maeve. Er bekommt Helm, Ellenbogen- und Knieschützer und Handschuhe. Wir wollen ihn ja nicht für immer abschrecken, sondern für das Spiel gewinnen.“

„Das beruhigt mich.“ Ich winke ihnen nochmal zu, dann kommt ein Kunde in den Laden, den die beiden gerade verlassen, und ich bin wieder beschäftigt.

TOM

Ich fühle mich noch ein bisschen überrumpelt von Charlie. Aber hatte immerhin noch Zeit, das Manuskript wieder unter das Kissen zu legen. Ich weiß noch nicht, wie ich Maeve sage, dass ich es gelesen habe und begeistert bin. Oder vielleicht schiebe ich ihr gleich einen Vertrag über den Tisch, wie Betty vorgeschlagen hat? Betty ist nämlich auch begeistert. Natürlich gibt es noch ein paar Sachen, die verbessert werden könnten, aber dafür haben wir fantastische Lektoren im Verlag. Wenn ich jedoch ganz ehrlich bin – am allerliebsten würde ich selbst zusammen mit Maeve an dem Buch arbeiten und ihm gemeinsam mit ihr den letzten Schliff verpassen.

Jetzt stehe ich mit Charlie und seinen Kumpels auf dem Hurling-Feld. Ich bin der Einzige, der eine Vollmontur bekommen hat. Die anderen haben nur Helme auf.

„So, Tom. Was weißt du über Hurling?“, fragt Charlie, nachdem er mich den anderen vorgestellt hat.

„Äh. Es ist der schnellste Sport auf dem Rasen. Viele laufen herum. Es sieht ein bisschen aus wie Hockey.“ Ich zucke mit den Schultern. „Viel mehr weiß ich nicht.“

Alle lachen.

„Das war schon gar nicht so schlecht und mehr als viele wissen, die noch nie davon gehört haben. Hurling wird bei uns schon seit Äonen gespielt. Es ist ein keltisches Spiel und wurde angeblich schon von den Túatha Dé Danann gespielt“, beginnt Charlie. „Zwei Teams von je 15 Spielern versuchen, einen kleinen Ball, der eurem Baseball ähnelt, durch ein gegnerisches Tor zu werfen oder zu schlagen. Die Regeln sind ziemlich komplex, aber der Sinn des Spiels ist einfach: man versucht, den Gegner zu besiegen und so viele Punkte wie möglich zu erzielen.“

„Klingt logisch soweit.“

„Um zu spielen, benötigst du einen Hurley, der vorne ein bisschen breiter ist. Das breitere Stück vorne heißt Bas."

Er zeigt mir den Holzschläger, der an eine Mischung aus Hockeyschläger und Pizzaschieber erinnert.

„Und den Sliotar." Er hält den Ball hoch. „Außerdem gibt es zwei Tore." Er deutet an die jeweiligen Enden des Feldes.

Die Tore sehen aus wie Fußballtore, die um die langen Stangen eines American Football Tors verlängert worden sind.

„Die Aufgabe des Teams besteht darin, den Sliotar ins gegnerische Tor zu bringen, aber es gibt auch Punkte, wenn man über dem Netz zwischen den Stangen trifft. Das Team mit den meisten Punkten am Ende des Spiels gewinnt. Um Punkte zu sammeln, muss der Sliotar hinter die Torlinie oder über die Querstange geschlagen werden. Für einen Treffer oberhalb der Torstange gibt es einen Punkt. Für ein Tor gibt es drei Punkte."

„Bisher kann ich noch folgen, komme mir aber trotzdem ein bisschen wie Harry Potter beim Quidditch vor."

Charlie lacht laut. „Wir bleiben zwar auf dem Boden, aber schnell wird es trotzdem. Wir haben aber zum Glück nur einen Ball. Den darf man mit Händen, Füßen oder auch mit dem Kopf spielen. Du darfst ihn abblocken oder ihn wegschlagen und solltest aufpassen, dass du nicht getroffen wirst. Das tut nämlich ordentlich weh."

„Alles klar."

„Ach, wir probieren erstmal ein bisschen was aus. Dann kommt der Rest schon beim Spiel. Eine Sache noch – es wird vielleicht ein bisschen ruppig, also kannst du nicht erwarten wie im Fußball sofort einen Freistoß zu bekommen."

Alle grinsen mich breit an.

„Mit Fußball kenne ich mich sowieso nicht besonders aus. Ich bin Leichtathlet. Zehnkämpfer, um genau zu sein." Ich zucke entschuldigend mit den Schultern.

„Dann schauen wir mal, wie du dich im Hurling schlägst."

Charlie klopft mir nochmal auf die Schulter und alle stellen sich auf. Er hebt den Sliotar mit dem Bas auf und schlägt ihn zu einem anderen Spieler, der den Ball mit der Hand fängt. Wahnsinn! Ich bin froh, dass ich Handschuhe trage. Plötzlich fliegt das Ding auf mich zu und ich reagiere instinktiv. Ich versuche, den Ball wegzuschlagen.

„Gar nicht übel, Tom. Jetzt noch ein bisschen zielgerichteter und wir können was mit dir anfangen."

Lachend hebe ich meinen Daumen.

MAEVE

„Wo brennt der Schuh?" Molly zieht ihren Mantel aus, während sie zu mir an den Tresen kommt.

„Ich … äh …" Plötzlich komme ich mir blöd vor.

Soll ich ihr wirklich sagen, dass ich Tom beim Hurling-Training zusehen will?

„Stimmt es, dass Tom und du …?“ Sie zwinkert mir auffällig zu.

Ich werde ein bisschen rot. „Äh … ja, wir sind zusammen.“

„Ach, Maeve! Das freut mich so für dich. Tom ist wirklich ein netter Kerl. Und dazu noch groß, gutaussehend und belesen! Und bald ein reicher Mann!“

„Molly!“, protestiere ich.

„Aber es ist doch wahr!“ Sie kichert. „Also, was ist so eilig, dass ich früher herkommen soll? Wo ist dein Prachtexemplar von einem Mann überhaupt?“

„Ja, siehst du, darum geht es. Er ist mit Charlie beim Hurling und ich hatte gesagt, ich würde mal vorbeisehen. Aber da sie heute in der Mittagspause spielen müssen, weil Mary nachher neue Gäste bekommt und Charlie nicht abends spielen kann, dachte ich, vielleicht würdest du mich vertreten und ich kann bei den Jungs ein bisschen zusehen?“, sprudelt es aus mir heraus.

Molly hebt die Hand. „Sag nichts mehr. Ich verstehe. Hol deine Jacke und verschwinde. Aber später will ich dann mehr wissen.“

Ich umarme sie stürmisch und gebe ihr einen Kuss. „Danke. Ich bin auch so schnell wie möglich wieder zurück.“

„Ach was, Kindchen. Keine Sorge. Ich habe hier

alles im Griff. Junge Liebe muss man doch unterstützen."

„Also stimmt es?", fragt Seamus, der gerade den Laden betritt. „Tom hat sich unsere Maeve geangelt?"

Lachend nicke ich, winke ihm zu und hüpfe nach oben, um meine Jacke zu holen.

Tom sieht auch verschwitzt auf dem Sportplatz unglaublich gut aus. Er hat mich noch nicht bemerkt, weil er so konzentriert auf das Spiel ist. Die 4-Sekunden-Regel macht ihm Schwierigkeiten.

„Aber wieso ist es ein Fehler, wenn ich fünf Schritte renne?", fragt er gerade, weil er von einem Pfiff in seinem Lauf unterbrochen wurde.

„Weil du nur vier Schritte mit dem Ball in der Hand laufen darfst. Oder eben vier Sekunden, so lange, wie man braucht, um vier Schritte zu machen." Charlie erklärt es ihm noch mal.

„Vier Sekunden oder vier Schritte also?" Tom runzelt die Stirn.

„Genau. Ganz einfach."

Tom lacht und nickt, dann entdeckt er mich. Er strahlt mich an und winkt mir zu.

„Vorsicht, Tom, Augen aufs Feld!", ruft Charlie ihm zu.

Gerade noch rechtzeitig, weil der Sliotar auf ihn zugeschossen kommt. Tom fängt ihn, wirft ihn in die Luft und schlägt ihn weg. Dann rennt er ihm hinterher und versucht, an den anderen Jungs vorbeizukommen. Ich stütze die Ellbogen auf den Zaun, der das Spielfeld abgrenzt, und sehe ihm verträumt zu. Er bewegt sich immer irgendwie elegant und ich habe ihn beim Reiten und über die Kücheninsel flanken sehen, aber das hier ist nochmal etwas anders.

Seine Bewegungen sind kraftvoll und zielgerichtet. Er ist muskulös, ohne aufgepumpt zu wirken, und er scheint wirklich Spaß zu haben, sich zu verausgaben. Und auch die anderen Jungs haben Spaß mit ihm.

Ich muss grinsen. Jungs sage ich zu Männern, die alle näher an der 40 als an der 30 sind. Aber ich bin mit der Hälfte von ihnen aufgewachsen, die andere Hälfte kenne ich auch schon fast mein ganzes Leben. Das sind eben die Jungs aus der Gegend.

Zwanzig Minuten später ist das Training beendet. Alle verabschieden sich und Tom kommt mit Charlie zu mir.

„Hier, weitgehend heil und unversehrt, bringe ich dir deinen Freund zurück.“ Charlie lacht. „Du hast dich wirklich ganz ordentlich geschlagen! Für einen Amerikaner. Und dafür, dass es dein erstes Mal war.“

„Danke.“

Tom freut sich sehr über das Kompliment, das sehe ich ihm an.

„Vielleicht hast du ja auch Lust, mal mit ins Rugbytraining reinzuschnuppern?“, fragt Charlie hoffnungsvoll.

„Nein!", sagen Tom und ich gleichzeitig.

Wir müssen alle lachen.

„Das ist echt nett von dir, aber Rugby ist mir zu krass." Tom schüttelt den Kopf.

„Ja, mir auch!", bestätige ich. „Und ich möchte ja auch noch ein bisschen Zeit mit ihm verbringen, bis er wieder nach Boston zurück muss."

„Na gut, das sehe ich ein. Mary meckert auch manchmal, dass ich so viel unterwegs bin." Charlie grinst. „Aber das wusste sie vorher."

„Ja, und sie findet es auch nur manchmal nicht so toll", teile ich ihm mit.

„Aber Hurling konnte ich dir ein bisschen schmackhaft machen, oder?" Charlie wackelt übertrieben mit den Augenbrauen.

„Auf jeden Fall. Sag Bescheid, wenn ihr wieder trainiert. Wenn es passt, bin ich wieder dabei." Tom schüttelt Charlie die Hand. „Das Trikot wasche ich nachher gleich und gebe es dir wieder."

„Ach, du musst es nicht extra waschen." Charlie schüttelt den Kopf. „Ich habe dafür spezielles Waschmittel und bin sowieso dran, die Trikots für alle zu waschen. Also gib es mir einfach mit."

Interessiert sehe ich Tom an. „Das ist ja ein Service."

„Meinst du, dass er mich zum Stripper macht, oder dass er mir nicht nur das Trikot geliehen hat, sondern es auch wäscht?"

Ich lege den Kopf schief. „Beides?“

Tom lacht und zieht sich das Trikot aus.

Ich habe ihn zwar schon ein paar Mal oben ohne gesehen, wenn ich zuuufällig im Flur war, wenn er gerade aus dem Bad kam. Und ich habe gestern seine Brust an meinem Rücken gespürt, als wir geschlafen haben, aber der Anblick ist immer noch etwas Besonderes für mich. Ich versinke in der Betrachtung seiner Muskeln, die sich unter seiner leicht gebräunten Haut abzeichnen.

Eine Gänsehaut überzieht seinen Körper und die feinen Härchen an seinen Armen stellen sich auf, als ein Windstoß übers Feld weht.

„Verschwinden wir lieber schnell, bevor ich mir noch den Tod hole.“ Tom schüttelt sich kurz und bringt mich damit wieder ins Hier und Jetzt.

Charlie lacht. „Alles klar, dann sehen wir uns morgen im Manor und am Wochenende sowieso beim Märchenfest. Tilda ist schon ganz schön aufgeregt, Maeve.“

„Natürlich. Grüß deine süße Nichte von mir und sag ihr, ich habe extra nach den Einhörnern Ausschau gehalten. Ich glaube, sie könnten zusammen mit den Fairies hinten bei der alten Weide auftauchen.“ Ich kreuze Mittel- und Zeigefinger für Glück und zwinkere ihm zu.

„Richte ich aus. Bis dann.“ Charlie winkt uns zu und verschwindet dann in Richtung Pension.

„Komm, bringen wir dich ins Warme. Auch wenn

mir gefällt, was ich sehe.“ Ich halte Tom meine Hand hin.

„Sehr gerne.“ Er verschränkt seine Finger mit meinen und armschlenkernd gehen wir nach Hause.

KAPITEL 15

TOM

Das Märchenfest ist in vollem Gange und Maeve in ihrem Element. Sie ist charmant zu allen, spielt mit den Kindern und unterhält die Erwachsenen, die zu uns in die Buchhandlung kommen. Wir haben für mich einen kleinen Tisch in die Ecke gestellt, an dem ich zeige, wie man ein Buch druckt und bindet – etwas, was ich von der Pike auf gelernt habe, bevor ich mich selbstständig gemacht habe. Außerdem beantworte ich Fragen rund ums Verlagswesen. Von Buchdruck bis Buchmessen. Es sind erstaunlich viele Leute interessiert. Auch Kinder, die wissen wollen, ob ich den ganzen Tag nur lese oder wie ich neue Bücher finde und aussuche.

Maeves Mutter hat mir extra für den heutigen Tag ein Kostüm im Stil des 15. Jahrhunderts geschneidert. Ich sehe also aus wie zu Gutenbergs Zeiten. Aber ich komme mir nicht albern vor. Es macht Spaß und ich passe hervorragend zu Maeve, die als Hexe verkleidet ist und auf deren Kostüm Jane mein Outfit abgestimmt hat.

Maeve trägt dunkelgrünen Samt und dunkelviolette Spitze, ihre roten Locken werden von einem klassischen Hexenhut gekrönt. Meine Kleidung ist braun und beige und ich trage eine Mütze, die an der Seite herunterhängt, was die Kinder immer wieder zum Lachen bringt.

Wenn zwischendurch bei mir nicht so viel los ist, gehe ich zu Maeve und helfe ihr aus.

Gleich ist die Märchenhexe dran, die den Kindern vorliest, und es liegt schon angespannte Vorfreude in der Luft, als das Fairytale sich mit immer mehr Kindern füllt. Jane übernimmt dieses Jahr die Aufgabe der Vorleserin und auch sie ist schon ganz aufgeregt.

Michael und Maeve haben alles für sie vorbereitet, damit sie es so bequem wie möglich hat. Aber ich sehe, dass auch Maeve aufgeregt ist.

„Es wird bestimmt alles gut gehen.“ Ich schenke ihr eine Tasse Tee ein. „Die Kids sind entspannt und freuen sich.“

„Danke.“ Maeve nimmt die Tasse. „Ich weiß. Ich hoffe nur, Mum übernimmt sich nicht. Sie denkt immer, sie kann alles, aber seit ihrem Unfall … nun ja, es strengt sie doch vieles mehr an."

Ich lege meinen Arm um Maeve, was mir ein leises Hüsteln von Michael einbringt, der hinter mir in der Teeküche steht.

„Keine Sorge, Dad. Er ist wirklich lieb zu mir." Maeve dreht sich grinsend zu ihm um. „Und du hattest drei Tage, um dich an den Gedanken zu gewöhnen, dass ich mit Tom zusammen bin. Mum hat das ganz locker geschafft."

„Deine Mutter ist auch eine Romantikerin!", sagt Michael hoheitsvoll. „Aber einer muss ja hier die Realität im Auge behalten."

Maeve lacht laut. „Hm, ich weiß ja nicht. Hast du Mum das auch so gesagt?"

„Bist du verrückt?" Entsetzt legt er seine Hand aufs Herz.

„Dachte ich mir. Du, der du schon Herzchen in den Augen hast, wenn du nur von Mum sprichst, willst kein Romantiker sein?" Sie tätschelt seinen Arm. „Vergiss es. Und zufällig weiß ich, dass du Tom magst."

„Äh, ich stehe neben euch?", sage ich laut.

„Ja, ich mag ihn ja auch, aber es ist trotzdem was anderes, wenn er plötzlich mit dir ausgeht!"

Michael ignoriert mich mit einem Lächeln.

„So plötzlich ist das auch nicht und um ehrlich zu sein, habe ich den ersten Schritt gemacht." Maeve zieht mich zu sich und gibt mir einen Kuss auf den Mund.

Scharf holt Michael Luft. „Seesternchen! Doch nicht vor allen Leuten!“

„Reg dich ab, Dad! Wir leben im 21. Jahrhundert. Auch wenn wir gekleidet sind wie im 15.“ Kichernd dreht sie sich zu ihrer Mutter um, die gerade aus dem kleinen Bad kommt. „Du siehst toll aus!“

„Absolut!“, stimme ich zu. „Wie eine wahre Bücherhexe.“

Überall an ihrem Kostüm hat sie beschriebene Seiten, gehäkelte Bücher, Stifte und Lesezeichen eingearbeitet. Es sieht umwerfend aus.

„Ich hatte auch viel Spaß.“ Jane dreht sich einmal und der Rock ihres Kostüms bauscht sich.

„Dann kann ich dich jetzt ankündigen?“, fragt Maeve.

„Ich denke schon.“ Jane strahlt sie an.

„Dann wollen wir mal.“ Maeve geht nach vorne, wo die Kinder schon aufgeregt auf den vielen Sitzkissen warten, und verspricht ihnen eine magische Zeit mit der großen Bücherhexe Jane, die von weither extra für sie nach Primrose Cove gekommen ist.

Alle applaudieren, als Jane die kleine Bühne betritt, die wir aufgebaut haben.

Ich beobachte Maeve, wie sie ihre Mutter beobachtet, und sehe Michael aus den Augenwinkeln, der mich beobachtet. Was für eine absurde Situation. Unwillkürlich muss ich grinsen. Vor allem, wenn ich daran denke, dass ich Maeve heute Abend erzählen werde, dass ich ihr Buch gelesen habe und es verlegen will. Passend zum Märchenfest soll ihr ganz eigenes Märchen wahr werden, ein Buch zu veröffentlichen. Etwas, von dem alle Autorinnen und Autoren träumen.

Die Märchenstunde mit Jane war ein voller Erfolg. Die Kinder sind glücklich nach Hause gegangen und auch die Lesung für die Erwachsenen, die Jack, der Krimispezialist, abgehalten hat, war der Knaller. Ich überlege, ob ich ihn für Veranstaltungen buchen kann. Nicht jeder hat die Gabe, so vorzulesen. Aber das verschiebe ich auf später. Jetzt schließen wir erstmal den Buchladen und machen uns auf den Weg zum Pub, um mit allen zu feiern, dass auch dieses Märchenfest wieder so schön gewesen ist.

Paddy hat seine Flöte herausgeholt und Michael seine Geige und es sind noch ein paar Leute aus dem Dorf mit ihren Instrumenten dabei. Sie spielen typisch irische Musik und es wird getanzt, gelacht und getrunken und alle sind glücklich. Auch ich. Wie könnte ich auch nicht, wenn Maeve in meiner Nähe ist.

Ich beobachte sie, wie sie auf mich zukommt. Ihre Hüften schwingen in einem anmutigen Rhythmus, ihr Kopf ist stolz erhoben. Maeves Kleid liegt eng an und betont ihre weiblichen Kurven. Den Hexenhut hat sie abgenommen und ihre wilden roten Locken fallen frei über ihre Schultern. Sie lächelt mich an - und ich spüre, wie mein Herz schneller schlägt. Sie fasziniert mich und ich kann den Blick nicht von ihr abwenden.

Maeve bleibt vor mir stehen und streicht mit ihrer Hand sanft über meine Wange. „Na, Süßer“, sagt sie mit rauer Stimme. „Willst du mit mir tanzen?“

Ohne zu antworten, nehme ich sie bei der Hand und führe sie auf die Tanzfläche. Die Musik ist lustig und wild zugleich, aber ich höre sie fast nicht mehr. Ebenso, wie ich die anderen Menschen ausblende. Ich sehe nur Maeve, und ihr leises Lachen, als sie die Arme um mich schlingt und mit mir zu tanzen beginnt, ist das Einzige, was ich noch wahrnehme.

MAEVE

Alles ist perfekt. Der Tag war absolut zauberhaft und jetzt mit Tom zu tanzen, ist traumhaft. Wir hüpfen und lachen und zwischendurch wiegen wir uns einfach zum Takt. Ich bin so glücklich, dass ich heulen könnte. Und gleichzeitig will ich von jedem Dach schreien, dass ich Tom liebe!

Seine dunklen Augen verfolgen mich bei jedem Schritt und ich sehe darin mehr, als ich jemals zu hoffen gewagt habe. Ich denke, ich habe wirklich das große Los gezogen mit ihm.

Außer Atem ziehe ich ihn mit mir an die Bar. „Können wir zwei halbe Cider bekommen?“, rufe ich Charlie zu, der heute aushilft.

„Kommt sofort!“

„Wenn ich noch mehr trinke, liege ich gleich unter dem Tisch“, murmelt Tom an meinem Ohr.

„Deshalb habe ich auch Cider und kein Guinness bestellt." Ich kichere. „Das ist unser Absacker. Ich will nämlich mit dir nach Hause."

„Ich kann mir vorstellen, dass du wahnsinnig müde sein musst." Tom streichelt meinen Rücken.

„Sollte man meinen, nicht wahr?" Ich lächle. „Aber vielleicht ist es auch so, dass ich einfach mit dir allein sein und ungezogene Sachen machen will", necke ich ihn.

„Miss Murphy! Ich muss doch sehr bitten! Ich bin ein anständiger Mann!" Tom reißt die Augen auf und legt seine Hand auf sein Herz.

„Oh, wie schade. Ich hatte mir einiges für heute Nacht vorgenommen …"

Tom packt mich plötzlich mit beiden Händen um die Taille und zieht mich eng an sich. „Ich kann es kaum erwarten. Vielleicht bin ich doch nicht so anständig."

Seine Stimme ist tief und rau und mir läuft eine Gänsehaut über den Rücken. „Komm, wir verschwinden!", bestimme ich.

„Nichts lieber als das, aber sollten wir uns nicht verabschieden?", fragt er leise.

„Bist du verrückt? Wenn wir sagen, wir wollen gehen, müssen wir noch mindestens zwei Stunden bleiben. Nein, wir machen die klassische irische Verabschiedung. Das wird niemanden wundern." Ich kichere. „Nicht mal meine Eltern."

„Alles klar. Ich passe mich natürlich den örtlichen

Gepflogenheiten sehr gerne an." Tom küsst meinen Hals. „Dann nichts wie auf, holde Maid. Reiten wir nach Hause."

TOM

Wir haben es nicht weit bis zum Buchladen. Eng umschlungen gehen wir nach Hause und es liegt eine erotische Stimmung in der Luft. Maeve scheint etwas im Sinn zu haben, dem ich mich natürlich nicht entziehen werde.

Aber ich will mir auch Zeit lassen und nichts überstürzen. Meine Beziehungen, die mit schnellem Sex angefangen haben, haben meistens nicht besonders lange gehalten. Ich runzle die Stirn. Okay, die meisten meiner Beziehungen haben nicht besonders lange gehalten, weil ich zu sehr in meiner Arbeit vertieft war.

Seit Jahren ist die Zeit hier in Primrose Cove etwas, das Urlaub am nächsten kommt. Ich bin nicht den gesamten Tag mit Arbeit beschäftigt und habe sogar zwischendurch so viel freie Zeit, dass ich mit Maeve Ausflüge machen konnte. Etwas, was in Boston fast ein Ding der Unmöglichkeit geworden ist, weil ich immer das Gefühl hatte, noch etwas erledigen zu müssen. Ich seufze.

„Woran denkst du?", fragt Maeve mich sanft, während sie die Hintertür öffnet.

„Dass ihr hier alle nicht abschließt, wird mich

immer verwundern“, entfährt es mir.

„Und das, obwohl du schon drei Wochen hier bist?“, neckt Maeve mich. „Nein, im Ernst. Guck mal, da drüben ist Licht an. Da wohnt Jack. Direkt auf der anderen Seite wohnen Mary und Charlie und nebenan wohnen Marys Eltern. Ich kann dir den Namen von jedem Bewohner in jedem Haus von Primrose Cove aufsagen. Hier kommt und geht niemand unbeobachtet.“ Sie kichert.

Ich ziehe Maeve ins Haus und presse sie an die Wand. „Also küsse ich dich lieber hier drin stürmisch? Sonst bleibt das auch nicht unbeobachtet und geht durchs ganze Dorf?“

Lächelnd sieht sie mich an. Ich kann die Erregung in ihren grünen Augen sehen, als ich mich zu ihr hinunterbeuge und sie küsse, bis sie nach Atem ringt.

„Ganz genau. Lieber hier drin.“ Sie greift in meine Haare und zieht mich in einen weiteren Kuss.

Ihre Lippen machen mich süchtig und ich habe das Gefühl, verrückt zu werden, wenn ich nicht bald noch mehr von ihr schmecken kann. Meine Hände wandern ihren Körper entlang und sie stöhnt leise in meinen Mund.

„Lass uns nach oben gehen. Ich will unser erstes Mal nicht hier auf der Treppe haben“, sagt sie atemlos und zieht mich hinter sich nach oben.

„Klingt wie ein guter Plan.“

Als wir in der Wohnung sind, merke ich, dass sie stockt.

„Was ist?“, frage ich sanft.

„Ich würde mich gerne erst abschminken und aus den Klamotten raus. Kurz unter die Dusche und mich frischmachen.“ Sie sieht mich unsicher an. „Oder findest du das blöd? Tötet das die Stimmung?“

Lachend schüttle ich den Kopf. „Auf keinen Fall. Ich könnte auch eine kurze Dusche vertragen. Das war ja doch ein langer Tag. Und danach sind wir beide wahrscheinlich auch entspannter.“

Maeve küsst mich wieder. „Du bist wirklich mein Traummann.“

„Das höre ich gern. Dann husch ins Bad mit dir. Ich mache es uns derweil gemütlich. Wollen wir bei dir oder bei mir schlafen?“

Sie überlegt einen Moment. „Bei dir.“ Ihre Wangen röten sich ein bisschen. „Da sind wir weiter weg von den nächsten Häusern.“

Scharf sauge ich die Luft ein. „Oh, Maeve! Du weißt nicht, was deine Worte bei mir auslösen!“

„Ich kann es erahnen“, flötet sie mit eindeutigem Blick zu meinen Hosen. „Ehrlich gesagt, nicht nur erahnen, sondern auch sehen. Ich glaube, du freust dich sehr.“

„Und wie. Beeil dich. Ich kann es kaum erwarten.“

Maeve gibt mir noch einen Kuss als Anzahlung auf später und verschwindet mit einem sexy Hüftschwung im Bad.

Ich eile in die Küche, suche nach Kerzen und Gläsern. Fülle eine Karaffe mit Wasser und trage alles in mein Zimmer.

Wie bestellt, beginnt es plötzlich zu regnen, und zusammen mit den Kerzen erschafft es eine romantische Stimmung, die nur schwer zu toppen ist.

Ich schlüpfe bis auf meine Boxerbriefs aus meinen Klamotten und in den Bademantel, den Maeve mir geliehen hat, und mein Herz pocht wie wild, wenn ich mir vorstelle, was gleich passieren wird.

Plötzlich höre ich die Tür aufgehen und Maeve kommt herein. Sie sieht bezaubernd aus mit dem Turban um ihre Haare und lächelt mich an.

Ich gehe auf sie zu und nehme sie in den Arm. „Hi“, sage ich leise. „Ich habe dich vermisst.“

„Ich dich auch“, erwidert sie sanft und drückt mich fest an sich.

Dann beginnen wir zu tanzen - einfach so, ohne Musik, aber es fühlt sich trotzdem perfekt an. Wir bewegen uns im Einklang und unsere Herzen schlagen im selben Takt.

„Wenn du noch ins Bad willst, solltest du dich beeilen, sonst kann ich für nichts garantieren“, sagt Maeve leise.

„Bin in einer Sekunde wieder da!“ Ich löse mich zwar nur ungern von ihr, aber bin bereit, einen neuen Rekord aufzustellen, während ich aus dem Zimmer eile.

Nach einem medaillenverdächtigen Duschquickie sehe ich den dunklen Bartschatten im Spiegel und beschließe, mich noch zu rasieren. Ebenfalls in

Rekordzeit ist meine Haut glatt genug, um Maeves zartem Gesicht keinen Schaden zuzufügen, wenn wir uns die ganze Nacht küssen.

Als ich ins Zimmer zurückkomme, liegt Maeve im Bademantel im Bett. Ihre roten Locken sind über dem Kissen ausgebreitet und sie sieht mich mit einem verführerischen Augenaufschlag an. Ich bin noch nie glücklicher gewesen.

„Bevor wir beenden, was wir angefangen haben, will ich dir noch etwas zeigen", murmle ich, während ich mich über sie beuge und mir einen Kuss stehle.

„Strippst du für mich?", fragte sie mit einem unschuldigen Augenaufschlag.

„Was? Äh …", antworte ich aus dem Konzept gebracht. „Eigentlich nicht, aber wenn du möchtest, kann ich mal schauen, was ich machen kann."

Maeve kichert. „Musst du nicht." Sie setzt sich auf. „Also, was willst du mir dann zeigen?"

„Warte." Ich gehe zum Schreibtisch und hole die Mappe, in der Betty mir den Vertrag geschickt hat. Ich habe natürlich kein Firmenpapier hier, weil ich nie damit gerechnet habe, hier eine Autorin zu finden. Die Mappe ist offiziell und original so, wie jede Autorin und jeder Autor sie bekommt. Nichts soll für Maeve einfach so zwischen Tür und Angel sein oder ihr das Gefühl geben, Artom Publishing behandele sie nicht mit dem gebührenden Respekt.

Irritiert sieht sie mich an.

Ich setze mich neben sie aufs Bett und reiche ihr

den Umschlag.

Sie sieht erst den Umschlag, dann mich an. „Was ist das?“

„Mach ihn auf.“ Ich muss mich zurückhalten, um nicht auf dem Bett herumzuhüpfen, so aufgeregt bin ich.

Skeptisch und als ob er etwas Gefährliches beinhalten würde, öffnet sie den Umschlag und zieht die Mappe heraus. Zentimeterweise. Dann liest sie die ersten Zeilen und wird leichenblass.

Alle Farbe weicht aus ihren Wangen und ihre Finger krallen sich um das dünne Papier, als hinge ihr Leben davon ab.

Jeder Mensch reagiert unterschiedlich auf gute Nachrichten, aber so hätte ich das nicht erwartet. Forschend sehe ich sie an. „Alles in Ordnung, Maeve?“, frage ich zärtlich.

„In Ordnung?“ Ihre Stimme klingt gepresst. Sie schiebt mich von sich weg. „In Ordnung?“

Sie wird lauter und versucht, aus dem Bett zu krabbeln.

„Nichts ist in Ordnung, Tom! Gar nichts!“

KAPITEL 16

MAEVE

Fassungslos lese ich die Worte ‚Verlagsvertrag zwischen Artom Publishing und Maeve Murphy' und kann es nicht glauben! Mein Herz setzt für einen Moment aus und ich denke, ich sollte mich freuen und jubeln, denn das ist es doch, was ich immer wollte.

Aber jeder Funken Freude wird erstickt, als mir in der gleichen Sekunde bewusst wird, was geschehen ist, und ich bin so wütend auf Tom, dass ich schreien möchte! Tausend Dinge schießen durch meinen Kopf. Aber das Wichtigste ist: Er hat mein Manuskript gelesen, obwohl ich ihm gesagt habe, dass ich das nicht will. Und jetzt legt er mir einen Vertrag vor? Einfach so? Aber ich weiß noch nicht einmal, ob ich das Buch überhaupt veröffentlichen will!

Ich muss hier raus! Vor lauter Ärger verheddere ich mich in der Bettdecke und verlasse das Bett ziemlich unelegant, aber das ist mir in diesem Moment sowas von egal!

„Ich habe dich nur um eine Sache gebeten und das war, nicht in den roten Schrank zu sehen“, sage ich vorwurfsvoll. „Wie konntest du mir das antun?“

„Aber Maeve“, sagt er und sieht verletzt aus.

Er sieht verletzt aus? Wie kann er es wagen!

„Ich habe nicht in den roten Schrank gesehen. Das Manuskript lag auf dem Sofa und zwar aufgeschlagen“, verteidigt er sich. „Ich wollte wirklich nicht reinlesen, aber mein Blick ist an einem Satz hängengeblieben und … und er war so gut. Ich musste einfach weiterlesen! Ich wusste, dass du nicht begeistert sein würdest, aber ich habe auch Betty daraus vorgelesen und sie ist ebenfalls völlig hingerissen! Und deshalb bieten wir dir einen Vertrag an. Ganz offiziell.“

„Tom! Wie konntest du das tun? Du hast versprochen, es nicht zu lesen!“

„Das habe ich so nie versprochen, daran hätte ich mich gehalten! Ich schwöre dir, ich wusste nicht, dass es eine so große Sache für dich ist. Und ich dachte, du würdest dich freuen.“

„Freuen? Worüber soll ich mich denn freuen?“, fahre ich ihn an. „Du hast meine Privatsphäre verletzt und mein Vertrauen missbraucht!“

„Es tut mir leid“, sagt Tom und sieht plötzlich sehr traurig aus. „Ich wollte dir doch nur helfen.“

„Helfen? Weil die dumme Buchhändlerin aus dem Dorf keine Chance hätte ohne dich? Weil ich nicht gut genug bin, um da draußen auf dem Markt mit meinem Manuskript zu bestehen? Helfen, indem du Betty aus meinem Buch vorliest?“ Meine Stimme bebt vor Zorn und Tränen steigen in meine Augen. „Du hattest kein Recht dazu!“

Tom sieht betreten aus und schweigt einen Moment lang. Dann sagt er leise: „Es tut mir wirklich leid, Maeve.“

Aber das reicht mir nicht - ich will, dass er begreift, was er getan hat. „Ich habe dir vertraut! Niemals habe ich damit gerechnet, dass du mich so hintergehen würdest! Und es mir dann auch noch verschweigst.“ Anklagend deute ich auf den Vertrag, der auf dem Bett liegt. „Sowas bereitet sich ja auch nicht in zwei Stunden vor. Wann hast du mein Manuskript gelesen?“

„Dienstagvormittag. Nach unserer ersten gemeinsamen Nacht. Als ich eigentlich arbeiten sollte, aber ich war so bezaubert von deiner Geschichte. Das Buch ist wirklich gut, Maeve. Ich würde es gerne verlegen! Und natürlich glaube ich nicht, dass du sonst keine Chance hättest. Ganz im Gegenteil. Ich denke, es könnte etwas wirklich Großes und du eine neue Beatrix Macfarnly werden!“

„Seit Dienstag? Und du hast mir die ganze Zeit etwas vorgemacht? Hast es sogar wieder unter das Kissen gelegt, damit ich es nicht bemerke!“ Jetzt zittere ich, weil ich so wütend bin. „Ich denke nicht, dass das mit uns irgendwas werden kann. Und halte dich bitte in Zukunft aus meinem Leben raus!"

Dann gehe ich, so würdevoll wie es mir in einem Bademantel und mit gebrochenem Herzen möglich ist, aus dem Zimmer. Tom streckt die Hand nach mir aus, aber ich ignoriere ihn. Ich will jetzt allein sein.

TOM

Ich lasse meine Hand sinken und starre Maeve hinterher. Wie konnte das nur so schieflaufen? Niemals habe ich damit gerechnet, dass sie so reagieren würde. Offensichtlich habe ich unterschätzt wie sie fühlt in Bezug auf ihr Schreiben. Vielleicht habe ich es mir aber auch nur schön geredet.

Ich wusste, dass sie es nicht gutheißen würde, dass ich ihr Manuskript lese, aber ich habe mir eingeredet, dass die Freude über den Vertrag das abmildern würde.

Falsch gedacht, Tom!

Mein Bedürfnis ist, ihr hinterher zu rennen. Ihr zu sagen, wie unendlich leid es mir tut! Aber sie will allein sein und das muss ich respektieren. Außerdem ist die kleine Hoffnung in mir, dass Maeve morgen früh alles ganz anders sieht und wir dieses Missverständnis aufklären und aus der Welt schaffen können.

In diesem Moment fühlt es sich für mich aber an wie das Ende der Welt. Mechanisch nehme ich den Umschlag und lege ihn zurück auf den Schreibtisch.

Dann lasse ich mich aufs Bett fallen.

Meine Augen brennen und ich frage mich, wie ich so dumm hatte sein können? Wieso habe ich Maeve nicht gleich reinen Wein eingeschenkt und ihr gesagt, dass sie eine großartige Schriftstellerin ist?

Der Regen, der vorhin die Stimmung noch romantischer gemacht hat, wird stärker und scheint mich zu verhöhnen. Der perfekte Soundtrack für eine dramatische Trennung. Das flackernde Licht der Kerzen wirft Schatten an die Wand, die wie bedrohliche Boten des Unheils wirken.

Ich spüre eine Träne meine Schläfe herablaufen. Ich habe nicht mehr geweint, seit der Beerdigung meiner Familie! Und ich fürchte mich davor, dass dieser Damm bricht. Dass mein Fehler Maeve dazu bringen könnte, sich von mir abzuwenden, ist etwas, was ihn zum Einsturz bringen kann. Das spüre ich genau.

Ich lösche die Kerzen und versuche, mich zu beruhigen. Versuche mir einzureden, dass morgen alles ganz anders sein wird. Dass ich Maeve alles nochmal in Ruhe erklären und mich entschuldigen kann und dass alles wieder gut wird. Ich rolle mich zusammen und schließe die Augen.

Natürlich habe ich kaum geschlafen die Nacht. Ich bin vor dem ersten Morgengrauen aufgestanden und habe Frühstück gemacht. Außerdem habe ich Betty geschrieben, dass meine Überraschung nach hinten losgegangen ist und ich nicht weiß, wie es weitergeht.

Sie hat mich bestärkt, dass ich Maeve unbedingt sagen muss, dass ich ihr Buch nur gelesen habe, weil es mich so begeistert.

Ich habe mir überlegt, was ich sagen kann, und bin das Gespräch bestimmt 100 Mal im Kopf durchgegangen. Mein Herz hämmert in meiner Brust, als ich Maeve jetzt ins Bad gehen höre.

Ein Blick auf die Uhr zeigt, dass es gerade mal sechs Uhr ist. Ihre Nacht scheint auch nicht gut gewesen zu sein. Natürlich nicht, Tom!

Ich gieße ihr ihren Lieblingstee auf und drücke mir selbst die Daumen, dass es so klappt, wie ich es mir vorstelle.

MAEVE

Meine Nacht war grauenhaft. Ich habe zwischen heulen, schreien und fluchen geschwankt und bin letzten Endes immer wieder auf ein Gefühl zurückgekommen: Enttäuschung.

Ich habe mich in Tom getäuscht. Er ist nicht mein Traummann, er hat mir nicht die Wahrheit gesagt. Und dieser Vertrag! Glaubt er wirklich, es damit wiedergutmachen zu können, mir einen Vertrag anzubieten, damit ich vergesse, dass er mich hintergangen hat?

Ich weiß, dass er denkt, es ist keine so große Sache und es wird wahrscheinlich für viele so wirken. Aber für mich ist es eine große Sache! In diesem Buch steckt viel von mir. In diesem Buch stecken Wünsche und Träume und Sehnsüchte und ich war noch nicht bereit, die Zeilen mit jemandem zu teilen. Nicht, nachdem Ben sie so niedergemacht hat. Ich schnaube. Ben wollte sich nicht damit beschäftigen, weil es ein Hirngespinst war, Tom hat sich zu viel damit beschäftigt.

Ich höre ihn schon den ganzen Morgen in der Küche herumwerkeln, was mich davon abgehalten hat, schon früher aufzustehen. Aber ich lasse mich in meiner eigenen Wohnung nicht verscheuchen. Schließlich fasse ich einen Entschluss! Ich gehe ins Bad und danach stelle ich mich meinem Problem.

Tom hat meinen Lieblingstee gemacht und tatsächlich Pfannkuchen gebacken. Alles ist schön gedeckt und ich merke, dass mein Herz schneller schlägt, als ich seine Augenringe bemerke. Ich habe meine weggeschminkt.

Überhaupt habe ich heute meine Rüstung angelegt. Ich bin geschminkt, was ich eher selten mache. Aber ich will nicht, dass jemand sieht, wie mir die Nacht zugesetzt hat und wie blass ich bin. Meine Wimperntusche ist natürlich wasserfest. Ich traue mir nicht. Dazu trage ich eher förmliche Sachen. Eine navyblaue Bluse und helle Stoffhosen. Ich habe sogar richtige Schuhe an, was ich in meiner Wohnung sonst nie mache. Ich brauche das Gefühl, für alles gerüstet zu sein und jederzeit rauslaufen zu können.

Tom sieht aus wie ein Schluck Wasser in der Kurve, aber trotzdem kann ich nicht verhindern, dass ich ihn wunderschön finde. Aber darum geht es ja auch gar nicht. Das Böse versteckt sich so oft hinter Schönheit! Okay, Maeve, das war jetzt ein bisschen zu dramatisch!

Ich straffe die Schultern und mache mich bereit fürs Gefecht.

„Maeve, es tut mir so leid. Ich hätte das nicht tun sollen", beginnt Tom, aber ich hebe die Hand.

„Ja, das sollte es auch! Ich weiß nicht, ob ich dir dafür jemals vergeben kann. Ich bin zutiefst verletzt, und dass du denkst, dass du mir aus Mitleid oder weil ich deine Freundin war, einen Vertrag anbietest, ist nicht nötig. Ich versuche gerade, erwachsen zu sein und dich nicht wüst zu beschimpfen, aber ich weiß nicht, wie lange meine Selbstbeherrschung reicht." Ich verschränke die Arme vor der Brust, um meine Hand nicht nach Tom auszustrecken.

„Der Vertrag hat nichts mit uns zu tun, Maeve. Das musst du mir glauben. Du bist einfach eine tolle Autorin und jeder Verlag könnte sich glücklich schätzen, dich unter Vertrag zu nehmen."

Tom macht einen Schritt auf mich zu, aber ich weiche zurück. „Wie auch immer! Ich möchte, dass du ausziehst. Ich kann nicht mehr mit dir unter einem Dach wohnen. Such dir bitte bis heute Nachmittag etwas anderes. Ich weiß, dass du im Fairytale arbeiten musst, um deine Erbschaft zu bekommen, und dass dir natürlich in einer Woche hier alles gehört. Aber bis dahin bitte ich dich, zu respektieren, dass es meine Wohnung und mein Leben ist." Ich schlucke, als ich den traurigen Ausdruck auf Toms Gesicht sehe, aber ich muss das tun. Ich werde mich nie wieder selbst verraten oder mir untreu werden für einen Mann.

„Natürlich tue ich das." Tom nickt. „Ich hatte gehofft, dass du mir noch eine Chance gibst und mich erklären lässt, wie es dazu gekommen ist …" Er verstummt. „Aber ich sehe, dass deine Meinung feststeht. Ich gehe dann mal packen. Wann soll ich zum Arbeiten kommen?"

„Ich habe Molly vorhin geschrieben, ob sie vormittags die Schichten mit dir übernehmen kann. Dann müssen wir uns nicht mehr als unbedingt nötig sehen. Heute ist Sonntag, da übernehme ich alleine. Genau genommen musst du ja auch nur vier Stunden an fünf Tagen aushelfen. Also reicht es, wenn du Montag um 10 wieder hier bist. Freitag hast du es dann ja sowieso geschafft."

Ich komme mir vor wie eine Scheidungsanwältin und natürlich frage ich mich sofort, ob ich nicht total überreagiere. Aber es ist verdammt nochmal mein Leben und mein Traum, in den Tom ungefragt reingegrätscht ist! Und wenn ich daran denke, dass er mich fünf Tage hat glauben lassen, es wäre alles in Ordnung, könnte ich schon wieder ausflippen!

Tom presst kurz die Lippen zusammen, als wolle er noch etwas sagen. Seine schönen Lippen, die mich so sanft und süß und wild geküsst haben. Ich merke, dass mir schon wieder Tränen in die Augen steigen, blinzle sie energisch weg und schüttle den Kopf.

Er nickt und stellt seine Tasse auf den Tresen. „Es tut mir leid", flüstert er, als er an mir vorbeigeht und die Küche verlässt.

Erst als ich seine Zimmertür höre, bemerke ich, dass ich die Luft angehalten habe.

KAPITEL 17

TOM

Maeve hat mich aus ihrem Leben verbannt und ich leide wie ein Hund. Die letzten sechs Tage waren die Hölle für mich. Als wäre es nicht schon schlimm genug, dass ich Maeve verloren habe, sind plötzlich alle im Dorf kalt und abweisend zu mir gewesen.

Molly spricht nur noch das Nötigste und Seamus beäugt mich ununterbrochen argwöhnisch, als würde ich seiner Frau auch noch das Herz brechen. Charlie schüttelt nur den Kopf, wenn er mich sieht, und Michael hat mir klargemacht, dass er ab sofort wieder Mr. Murphy für mich ist und nur seine Professionalität ihn davon abhält, mir zu sagen, was er von mir hält und wohin ich mich verziehen soll.

Die Arbeiten am Manor sind auch eingestellt worden. Wahrscheinlich gehen alle davon aus, dass ich jetzt sowieso den Buchladen verkaufen werde. Aber niemand will mit mir darüber sprechen! Immer, wenn ich versuche, mit jemandem zu reden, blocken sie ab.

Verdammte Sturköpfe! Und allen voran Maeve, die es vermeidet, mit mir alleine zu sein und auch nur ein privates Wort mit mir zu wechseln.

Ich bin schon zu oft der Außenseiter gewesen, um das Gefühl nicht zu kennen, aber das heißt nicht, dass ich das so einfach wegstecke. Es tut mir weh. Nach meinem Rauswurf wollte ich im Nachbardorf in einer Pension unterkommen, aber die Besitzerin ist eine Freundin von Mary und hatte *leider* kein Zimmer mehr frei für mich. Also bin ich in Clifden in einem Hotel gelandet.

Ich stehe am Fenster und sehe auf die Straße. Die Bäume sind grün, der Frühling hat die Blumen aufgeweckt und der Himmel ist strahlend blau - aber in mir ist alles grau und ich fühle mich so einsam wie schon lange nicht mehr. Morgen fliege ich nach Hause und werde Maeve wahrscheinlich nie wiedersehen.

Sie ist alles, was ich mir je gewünscht habe: lustig, liebevoll, schön, intelligent und warmherzig. Wir hatten so viel Spaß zusammen und so viele Gemeinsamkeiten trotz unserer unterschiedlichen Leben und ich dachte wirklich, sie wäre mein ‚für immer', aber das spielt jetzt alles keine Rolle mehr. Sie will mich nicht und ich habe einen Verlag und ein Waisenhaus zu retten.

Seufzend sehe ich auf die Unterlagen, die ich vorhin unterschrieben habe und die mich zum Besitzer von Primrose Manor, Fairytale Books und 2 Millionen Euro machen. Ich sollte mich freuen, aber ich kann nur daran denken, dass diese Erbschaft mich mehr gekostet hat, als ich jemals für möglich gehalten habe. Meine große Liebe.

‚Nicht so dramatisch!' höre ich eine innere Stimme. ‚Das hast du dir ganz alleine eingebrockt.'

Ich seufze und lege meine Stirn an das kalte Glas der Fensterscheibe. Diesen Moment der Trauer gebe ich mir, bevor ich morgen mein Gewinnergesicht aufsetzen und der Welt da draußen zeigen muss, dass Tom Artisan sich nicht unterkriegen lässt.

MAEVE

Alle behandeln mich wie ein rohes Ei und sind gemein zu Tom. Aber ich kann das gerade nicht ändern. Ich bewege mich die ganze Woche nur noch wie durch Watte. Alle Geräusche sind gedämpft und ich fühle mich wie in Warteposition. Als ob etwas passieren sollte, was aber nie Realität wird. Wie sollte es auch? Ich habe Tom klargemacht, dass ich nicht mehr mit ihm sprechen will, und er wird morgen nach Hause fliegen.

Dad hat mir vorhin mitgeteilt, dass Tom sein Erbe angetreten hat und jetzt versucht, das Manor zu verkaufen. Das hat er jedenfalls gesagt. Ich denke, er wird das Fairytale auch verkaufen, und ich sollte mir eine neue Wohnung und einen anderen Job suchen. Ich lache bitter auf. Genauso weit war ich vor vier Wochen auch schon mal.

Heute ist mir alles egal. Ich schließe den Laden früher und ziehe mich in meine Wohnung zurück. Meine Wohnung, wo ich trotzdem überall an Tom erinnert werde.

Wie wir in der Küche getanzt haben. Wie wir auf dem Sofa gekuschelt haben, am Esstisch über Gott und die Welt und Bücher diskutiert haben. Wie sehr er sich über die Badewanne gefreut hat.

Und in seinem Zimmer liegt immer noch der Umschlag auf dem Schreibtisch. Ich habe ihn nicht angerührt, so wie ich das Zimmer nicht angerührt habe. Tom hat vor seinem Auszug alle Kerzen ordentlich zurückgebracht und das Bett abgezogen, aber genauso ist es auch jetzt fast eine Woche später noch.

Es ist Zeit, Maeve, flüstert mir die innere Stimme zu. Such dir etwas anderes und sieh zu, dass dein Leben weitergeht.

Ich dränge die Tränen zurück und greife nach dem Umschlag. Ich werde ihn wegwerfen! Da fällt mir ein weiterer Umschlag auf, der unter dem Vertrag liegt.

Mit schwungvollen Buchstaben steht mein Name darauf. Mehr nicht. Ich beginne zu zittern. Will ich lesen, was er mir schreibt? Ich weiß es nicht und ich kann das jetzt nicht entscheiden. Unentschlossen drehe ich mich um, dann greife ich doch danach und öffne ihn.

Ein einzelnes Blatt befindet sich darin.

Maeve,

es tut mir so unendlich leid.

Ich wusste nicht, dass ich dir mit meiner Tat so viel Schmerzen zugefügt habe. Wenn ich es auch nur im Ansatz geahnt hätte, hätte ich es nie getan. Aber jetzt ist es zu spät. Ich kann es nicht mehr rückgängig und ungeschehen machen.

Alles, was ich noch tun kann, ist um Verzeihung zu bitten und dir noch einmal zu versichern, wie leid es mir tut! Ich wünschte, wir hätten noch eine Chance.

Ich liebe dich. Für immer.

Tom

Tränen strömen mir über das Gesicht und ich fühle mein Herz ein weiteres Mal brechen. In wie viele Teile kann es zerspringen? Weinend rolle ich mich auf Toms Bett zusammen und presse den Brief an mich. Ich glaube, immer noch sein Aftershave riechen zu können, und vergrabe meine Nase im Kissen. Was habe ich nur getan!

KAPITEL 18

TOM

„Ich kann dir auch nur sagen, was Johnson und Johnson mir mitgeteilt haben." Mein Augenlid zuckt wie schon lange nicht mehr.

„Das ist wirklich ganz großer Mist. Und was jetzt?" Betty sieht mich aufmerksam an.

Seit ich vor vier Tagen wieder zurückgekommen bin, versucht sie, mich dazu zu überreden, mir eine Auszeit zu nehmen, aber ich kann nicht. Ich habe doch gesehen, was die letzte *Auszeit* mir eingebrockt hat. Herzschmerzen, die mich fast um den Verstand bringen. Nein, da arbeite ich lieber wieder wie besessen. Vielleicht haben wir dann eine Chance mit dem Verlag und dem Waisenhaus.

Seufzend presse ich Daumen und Zeigefinger an meine Nasenwurzel und lege den Mittelfinger an mein Augenlid. Das stoppt das Zucken für eine Sekunde. Aber danach fängt es umso stärker wieder an. „Ich kann nicht so lange warten, bis alle rechtlichen Sachen geklärt sind. Sie meinten, es kann bis zu zwei Jahren dauern, bis ich das Manor verkaufen kann! Zwei verdammte Jahre. Aber weder der Verlag noch das Waisenhaus haben so viel Zeit. Wenn ich das Erbe ins Waisenhaus investiere, weiß ich nicht, wie ich den Verlag über Wasser halten soll. Mit den Grays, die abgewandert sind, der Absage von Trixi und von Maeve geht die Suche wieder von vorne los."

Betty nickt traurig. „Aber das Fairytale kannst du theoretisch gleich verkaufen?"

„Ja, weil es anderen Bestimmungen unterliegt. Aber das werde ich Maeve nicht antun!" Ich straffe die Schultern. „Ich habe lange hin und her überlegt … und eine Entscheidung getroffen. Ich werde in Verhandlungen mit Creepbooks wegen der Übernahme treten."

Sie erstarrt. „Wie bitte? Tom, nein! Das kannst du nicht machen!"

„Doch. Kann ich. Dann habe ich genug Geld für das Waisenhaus und ich kann Maeve das Fairytale überschreiben." Entschlossen sehe ich Betty an. „Ich werde bei der Verhandlung darauf bestehen, dass alle bei Artom Publishing ihren Job behalten – zumindest für ein paar Jahre. Das wird die Bedingung sein."

„Aber Tom!"

Betty rauft sich die Haare. So aufgewühlt habe ich sie noch nie gesehen.

„Der Verlag ist dein Leben. Du kannst ihn doch nicht einfach so verkaufen!"

„Einfach so?" Ich lache bitter. „Einfach so ist es beileibe nicht. Aber es ist die einzige Lösung, die nicht alle unglücklich macht, sondern nur mich."

Betty hat Tränen in den Augen. „Tom, tu das nicht. Es muss eine andere Lösung geben. Wir treiben ein anderes Buch auf. Ich rede nochmal mit Trixi. Wir könnten nochmal versuchen, einen Kredit für das Waisenhaus aufnehmen!"

„Betty, du weißt so gut wie ich, dass wir keinen Kredit für das Waisenhaus bekommen. Mrs. Sharingham hat es bereits mehrfach versucht, auch mit meiner Hilfe. Das Baugrundstück liegt im Zentrum der Stadt. Keine Bank wird ihr einen Kredit geben. Die wollen es abreißen und einen neuen Bürokomplex hinstellen."

„Aber es muss eine andere Lösung geben, Tom! Es muss einfach!"

Bedauernd schüttle ich den Kopf. „Tut mir leid, glaub mir. Ich wünschte auch, es wäre anders!"

MAEVE

„Und wieso glauben Sie, dass Sie für diese Stelle

geeignet sind?“ Die Personalchefin des Callcenters sieht mich fragend an.

„Weil ich eine angenehme Stimme habe und Probleme ruhig, aber bestimmt, lösen kann“, höre ich mich sagen.

Innerlich verziehe ich das Gesicht. Probleme lösen. Das ist momentan echt nicht meine Kernkompetenz. Und was ich ihr auch nicht sage, ist, dass ich eigentlich am liebsten gar nicht hier wäre. Aber Brenna hat mir das Interview besorgt und meinte, ich könne nicht die ganze Zeit wie ein Trauerkloß herumlaufen und Tom hinterherheulen. Als ob ich das tun würde. Aber eine Frau hat doch wohl das Recht, ein paar Wochen mit Eiscreme und Schokolade auf dem Sofa zu sitzen, wenn die Liebe ihres Lebens sie verlassen hat.

Dass ich ihn aus meinem Leben geschmissen habe, ignoriere ich in diesem Moment. Genauso wie offensichtlich die letzten Sätze der Personalchefin, die mich auffordernd ansieht.

„Äh, könnten Sie das letzte bitte nochmal wiederholen?“

„Wir lösen hier keine Probleme, habe ich gesagt. Wir bemühen uns, den Kunden bei ihren Herausforderungen zu helfen. Probleme haben wir mit unserem Produkt nicht!“

Sie scheint ein bisschen irritiert zu sein über mich. Bin ich selbst auch. „Natürlich. Keine Probleme, nur Herausforderungen. Merke ich mir.“

„Und Sie haben als Buchhändlerin einen eigenen Laden geleitet?“, fragt sie weiter.

„Genau."

„Und wieso wollen Sie das aufgeben?"

Am liebsten würde ich sie anbrüllen, dass ich das überhaupt nicht will, sondern muss. Aber Brenna hat mir eingebläut, dass man sowas nicht sagt, weil das so verzweifelt klingt und das nie eine gute Verhandlungsbasis ist. „Ich möchte mich beruflich neu orientieren", erwidere ich stattdessen brav.

Die Personalchefin sieht mich aufmerksam an. „Sie klingen allerdings so, als ob Ihnen das das Herz brechen würde."

Ich seufze. Wem mache ich eigentlich etwas vor? Ich will nicht im Call-Center arbeiten. Ich will mit Büchern arbeiten. Und wenn ich dafür weiter wegziehen muss, dann ist es eben so. Wie ich schon vor vier Wochen festgestellt habe – vielleicht ist es an der Zeit, etwas Neues zu beginnen.

„Das stimmt. Danke für Ihre Zeit. Aber ich glaube, ich habe mich gerade für etwas anderes entschieden."

Damit habe ich sie wohl verblüfft, aber darauf nehme ich keine Rücksicht. Ich sammle meine Unterlagen wieder ein und verlasse das Büro.

Auf dem Weg nach Hause gehe ich meine Möglichkeiten nochmal durch. Ich bin gut ausgebildet. Ich kann überall arbeiten.

Mein Optimismus bekommt einen Dämpfer, als ich nach Primrose Cove abbiege. Ich will hier nicht weg. Ich liebe mein Zuhause. Und meine Laune ist am Tiefpunkt, als ich vor dem Fairytale parke. Ich kann mir ein Leben ohne es überhaupt nicht vorstellen. Ich lege meine Stirn aufs Lenkrad und weine.

„Maeve?“ Seamus klopft an meine Scheibe und öffnet die Tür.

„Alles okay“, sage ich automatisch, wie seit einer Woche immer, wenn mich jemand anspricht.

„Das ist gut. Am Telefon ist eine Frau, die nur mit dir sprechen will.“

Ich runzle die Stirn. „Kann ich sie nicht zurückrufen?“

„Sie hat heute schon zweimal angerufen. Es scheint wichtig zu sein, sagt Molly.“

Ich wische mir die Tränen mit dem Taschentuch weg, das er mir wortlos hinhält, und folge ihm in den Laden.

Molly hält mir den Hörer hin, die Sprechmuschel hat sie mit der Hand abgedeckt. „Ist wichtig.“

Ich nicke und nehme den Hörer entgegen. „Hallo, hier ist Maeve Murphy, was kann ich für Sie tun?“

„Hallo Maeve, ich bin’s, Betty Miller, die Assistentin von Tom Artisan.“

Mein erster Impuls ist, aufzulegen. Aber dann bin ich doch neugierig. Was lässt er mir durch sie wohl mitteilen? Wann ich das Fairytale verlassen muss? Dad hat da etwas angedeutet. Ich hole tief Luft.

„Hallo Betty. Ich hoffe, es geht Ihnen gut.“

„Mir schon, aber Tom ist dabei, einen großen Fehler zu begehen.“ Sie klingt angestrengt und aufgeregt.

„Und was veranlasst Sie dazu, zu glauben, dass mich das interessieren würde?“ Ich kann nicht verhindern, dass meine Stimme spitz klingt.

„Tom wird den Verlag an Creepbooks verkaufen“, sprudelt es aus Betty heraus.

„Moment, was?“ Ich brauche einen Moment, um das Gehörte zu verstehen.

„Ja, er ist verzweifelt. So habe ich ihn noch nie gesehen!“

Mein Herz zieht sich zusammen. Ich wollte doch nicht, dass Tom seinen Verlag verliert! „Betty, kann ich Sie vielleicht gleich nochmal zurückrufen? Ich stehe mitten im Laden und bin nicht allein.“

„Selbstverständlich. Rufen Sie mich an. Gerne auch per Videocall.“ Sie gibt mir ihre Nummer und Daten.

„Mach ich. Bis gleich.“ Ich lege auf und sehe in die fragenden Gesichter von Molly und Seamus. „Ich erkläre es euch nachher.“

Die beiden nicken und ich renne nach oben. In Windeseile ziehe ich mich um, brühe mir einen Tee auf und hole meinen Laptop. Tausend Dinge schießen mir durch den Kopf.

Tom will seinen Verlag verkaufen? Aber wieso sollte er das tun? Ich entscheide mich für einen Videoanruf. Ich will sehen, ob Betty mich vielleicht anlügt.

Es dauert nicht lange, bis die Verbindung steht.

„Danke, dass Sie das tun, Maeve. Ich weiß, dass Tom einen Fehler gemacht hat. Und vielleicht ist es zum großen Teil auch meine Schuld“, sagt Betty zerknirscht.

„Ihre Schuld?“ Ich hebe eine Augenbraue. „Davon hat Tom nichts gesagt.“

„Natürlich nicht, er würde nie die Schuld auf jemanden abwälzen. Maeve, können wir uns vielleicht duzen? Es kommt mir so vor, als ob wir uns schon lange kennen. Und das, was ich jetzt tue, fällt mir schwer genug.“ Unsicher sieht sie mich an.

Ich nicke. „Klar. Also, was ist los, Betty?“

„Tom hat mir damals gesagt, dass du wahrscheinlich ausflippst, weil er deine Geschichte gelesen hat. Ich war aber so begeistert und bin es noch. Dein Buch ist wirklich fantastisch, Maeve! Ich habe an einer Stelle sogar geweint, weil es so schön war, und ich weine nie bei Büchern!“

Sie klingt aufrichtig begeistert und strahlt mich an.

„Dein Buch hat so großes Potenzial. Und ich denke, ich kann das beurteilen. Beatrix Macfarnly ist eine Freundin von mir.“

Ich nicke. „Ich weiß, und danke, Betty. Das ist sehr nett von dir, mir das zu sagen.“ Die Autorin in mir hüpft innerlich vor Freude herum, aber ich lasse es mir nicht anmerken. Immerhin weiß ich noch nicht, wohin dieses Gespräch führt.

„Also“, Betty holt tief Luft. „Ich wusste, dass dein

Buch genau das richtige für unseren Verlag sein würde und habe Tom gesagt, wir sollten gleich einen Vertrag aufsetzen und dass es doch schön wäre, wenn er dir den Vertrag direkt überreichen und damit ein bisschen abmildern kann, dass er das Buch gelesen hat, weil es herumlag."

„Er hätte es überhaupt nicht ungefragt lesen sollen und wenn es offen auf dem Küchentisch gelegen hätte!", fahre ich hoch.

„Natürlich nicht. Aber ist dir noch nie so etwas passiert? Dass du wusstest, dass etwas nicht richtig ist, aber du einfach nicht anders konntest, als es trotzdem zu tun, und dir eingeredet hast, dass es nicht so schlimm sein wird, weil es ja eigentlich keine große Sache ist?" Betty sieht mich fragend an.

Ich will sofort verneinen, aber das wäre gelogen, also presse ich nur die Lippen zusammen.

Sie nickt. „Und ich frage dich jetzt ganz ernsthaft – warum hast du das Buch geschrieben, wenn es niemand lesen soll? Warum hast du es ausgedruckt und angefangen, es zu überarbeiten und zu lektorieren, wenn du nicht wolltest, dass es jemals gelesen wird?" Ernst sieht sie mich an. „Ich kenne viele Schriftstellerinnen und Schriftsteller und ich weiß, wie empfindlich ihr seid, wenn es um eure Werke geht. Aber letzten Endes vereint euch eigentlich doch alle der Wunsch, mit euren Geschichten Menschen zu unterhalten."

Jetzt hole ich tief Luft. Sie hat den Nagel auf den Kopf getroffen. Natürlich will ich, dass mein Buch gelesen wird. „Ich war noch nicht so weit", murmle ich.

„Wenn es danach geht, ist nie eine Autorin oder ein Autor so weit.“ Betty lächelt. „Aber es wird auch nicht besser davon, sich immer nur alleine damit zu beschäftigen. Und manchmal braucht man ein bisschen Mut.“

„Ja, wäre halt schön gewesen, wenn ich es in meinem Tempo hätte angehen können.“ Ich seufze.

„Hättest du es Tom denn jemals gezeigt? Oder hättest du immer gedacht, dass er es dann nur gut findet, weil du seine Freundin bist und er dich liebt?“

Ertappt sehe ich sie an. Und gleichzeitig rast mein Herz vor Aufregung! Tom hat Betty gesagt, dass er mich liebt! Er hat es im Brief also nicht nur einfach so geschrieben, damit ich ihm vielleicht schneller verzeihe. Er liebt mich! Er liebt mich wirklich! Aber jetzt muss ich mich wieder auf Betty konzentrieren.

„Dachte ich mir. Tom sagte, dass du ihm das auch vorgeworfen hast. Dass du ihm nicht geglaubt hast, dass er das Buch wirklich gut findet.“

Ich nicke stumm.

„Aber hast du dich nicht gefragt, wieso er dir dann einen Vertrag vorlegen sollte? Du weißt, dass es Artom Publishing momentan nicht besonders gut geht, oder?“

„Ja, das hat Tom mir erzählt. Und dass er das Geld aus der Erbschaft braucht, um den Verlag zu retten, und das Waisenhaus will er mit dem Verkauf des Herrenhauses retten.“ Ich trinke einen Schluck Tee.

„Genau. Also, warum denkst du, würde er dein

Buch verlegen wollen, wenn er nicht eine reelle Chance sieht, damit wirklich einen Erfolg zu landen?“

„Wenn du das so sagst, klingt es irgendwie logisch“, gebe ich zu.

Betty nickt. „Es ist auch logisch. Tom hätte niemals riskiert, dass du sauer auf ihn wärst, wenn er nicht gedacht hätte, dass es im Endeffekt für euch beide ein Gewinn sein würde. Er hätte dein Manuskript auch lesen und wieder zurücklegen und nie mehr ein Wort darüber verlieren können.“

Jetzt muss ich schlucken. So habe ich die Sache noch gar nicht betrachtet.

„Aber er glaubt an dich und an dein Buch! Und weil er dich liebt und weiß, wie sehr du das Fairytale Books liebst, wird er seinen Verlag an die Haie verkaufen!“

„Moment mal, was hat das eine mit dem anderen zu tun?“, frage ich irritiert.

Betty seufzt. „Falls du es noch nicht von deinem Vater gehört hast – Tom kann das Manor wahrscheinlich frühestens in zwei Jahren verkaufen. Aber den Buchladen könnte er sofort auf den Markt bringen.“

„Dad hat sowas angedeutet. Deshalb hatte ich heute auch ein Vorstellungsgespräch in einem Call-Center.“ Meine Stimme klingt bitter, das höre ich selbst.

„Tom hat sich entschlossen, Artom Publishing zu verkaufen, damit genau das nicht passiert!“ Betty unterbricht sich und putzt sich kurz die Nase. „Entschuldige. Das Ganze geht mir doch ziemlich nah." Sie setzt sich gerade hin und sieht mir direkt in die Augen. „Tom wird seinen Lebenstraum aufgeben, damit er das Waisenhaus und die Buchhandlung retten kann. Er wird Fairytale Books auf dich überschreiben."

Fassungslos starre ich sie an. Das klingt zu gut, um wahr zu sein! Aber der Preis, den Tom dafür zahlt, ist zu hoch!

„Er ist verzweifelt und sieht keine andere Möglichkeit, als in Verhandlungen mit Creepbooks zu treten. Er will für uns Mitarbeiter eine fünfjährige Entlassungssperre aushandeln!" Sie schnieft. „Weißt du, was er gesagt hat? Es sei die einzige Lösung, die nur ihn und nicht alle unglücklich macht."

Ich bin immer noch wie erstarrt und meine Gedanken beginnen mal wieder zu rasen. „Betty, das kann er doch nicht ernst meinen! Natürlich ist das Fairytale mein Leben, aber er muss doch wegen mir nicht …" Hilflos zucke ich mit den Schultern. „Es muss doch eine andere Lösung geben!"

„Vielleicht gibt es die." Sie nickt langsam. „Und deshalb rufe ich dich auch an."

Neugierig setze ich mich auf. „Welche?"

„Also, ich habe mir folgendes gedacht …"

KAPITEL 19

TOM

Schneller, als ich gedacht hätte, sitze ich wieder in einem Flugzeug nach Dublin. Aber anders als das letzte Mal, als ich voller Hoffnung geflogen bin, ist mein Herz schwer und ich befürchte, dass es in noch mehr Stücke zerspringen wird. Denn ich werde nicht mit Maeve lachen, sie nicht in die Arme nehmen, sie nicht küssen können.

Ich hoffe, dass ich sie wenigstens zur Unterschrift sehen kann. Ich habe die Urkunde nämlich dabei, mit der ich ihr das Fairytale überschreibe. Ein tiefer Seufzer entfährt mir. Ich kann es kaum erwarten, sie wiederzusehen und in ihre grünen Augen zu blicken.

Die letzten zwei Wochen waren hart ohne sie. Sie hat mir so unendlich gefehlt.

Energisch reiße ich mich zusammen. Ich weiß, dass ich sie mit dem Fairytale glücklich mache, und das ist alles, was zählt. Daran halte ich mich fest. Trotzdem wird es mir schwerfallen, nicht vor ihr auf die Knie zu gehen und sie anzubetteln, mir zu verzeihen und uns noch eine Chance zu geben.

Wie anders sind doch die Vorzeichen für diese Reise. Und doch bringt mich wieder Arthur hierher. Es gibt einen Brief von ihm, den ich lesen soll. Warum ich dafür allerdings zurück nach Primrose Cove muss, habe ich nicht verstanden, aber Michael – Mr. Murphy, verbessere ich mich in Gedanken – sagte, das wäre wieder eine Bedingung.

Ich schließe die Augen. Vielleicht bekomme ich noch eine Stunde Schlaf, bevor wir landen.

Irland empfängt mich mit Tränen. Es regnet wie aus Kübeln auf dem Weg nach Primrose Cove. Wie passend. Ich überlege, ob ich dazu noch die passende Musik aussuchen soll, entscheide mich dann aber einfach für einen Klassiksender.

Die Schönheit der Landschaft fängt mich sofort wieder ein, obwohl es regnet. Die grünen Hügel, die weißen Cottages mit den roten Fensterläden – alles fühlt sich wie nach Hause kommen an. Die Musik erfüllt mich mit Kraft und Energie und ich fühle mich plötzlich nicht mehr so niedergeschlagen. Ich spüre in jeder Faser meines Körpers, dass dieses Land mir gut tut.

Als ich in die Straße nach Primrose Cove abbiege, bricht die Sonne durch die Wolken und taucht alles in ein goldenes Licht. Es wirkt wie Magie, als das kleine Dorf auftaucht und jeder Regentropfen auf jedem Dach und an jedem Fenster glitzert. Ich kann nicht anders, ich muss lächeln.

Diesmal habe ich ein Zimmer bei Mary bekommen. Keine Ahnung, wie Betty sie dazu überredet hat, aber ich bin froh, dass ich in Maeves Nähe sein kann. Ich parke den Wagen und lade meinen Koffer aus. Diesmal habe ich nicht viel Gepäck. Ich gehe davon aus, dass ich übermorgen schon wieder in Boston bin. Ich atme tief ein und straffe die Schultern, bevor ich die Pension betrete.

MAEVE

„Er ist da!" Seamus deutet nach draußen. Er hat die ganze Zeit Ausschau gehalten.

Mein Herz pocht wie wild. Hoffentlich! Hoffentlich wird es so, wie ich es mir vorstelle! Betty meinte, Tom braucht nur ein bisschen Hoffnung, um vielleicht doch noch eine neue Idee zu bekommen und den Verlag nicht aufzugeben. Sie hat mich überreden wollen, dass ich den Vertrag unterschreibe. Aber ich gehe noch einen Schritt weiter. Ihre Worte haben mich nachdenklich gemacht und mir ist bewusst geworden, was ich die ganze Zeit in meinem Herzen schon geahnt habe.

Ich liebe Tom und habe ihm längst verziehen. Ja, es war nicht richtig, was er getan hat, aber es ist auch nicht so, dass er sich nicht aufrichtig entschuldigt hätte. Und ich glaube ihm. Aber das will ich ihm persönlich sagen! Nicht am Telefon und nicht per Brief. Ich hatte kurz überlegt, ob ich nach Boston fliege, aber nachdem ich meinen Eltern erzählt habe, was mir im Kopf herumschwirrt, kam Dad die perfekte Idee.

Arthur O'Brien hat noch einen letzten Brief für Tom, der ihm zwei Wochen nach seinem Aufenthalt hier übergeben werden soll. Natürlich hätte Dad den Brief auch nach Boston schicken können, aber jetzt haben wir Tom damit zurück nach Primrose Cove gelockt. Dad hat einfach behauptet, Tom müsste ihn persönlich abholen.

Ich drücke mir selbst die Daumen, dass mein Plan funktioniert. Betty fand ihn großartig und sie meinte, es müsste klappen, aber mein Herz hämmert in meiner Brust. Ich renne zum Fenster und sehe gerade noch, wie Tom die Tür hinter sich schließt.

„Alles klar. Danke, Seamus. Und danke, Molly. Ihr wisst ja wahrscheinlich sofort, ob es geklappt hat, wenn das Auto morgen noch da ist." Ich lächle schief.

Die beiden umarmen mich liebevoll und wünschen mir Glück, bevor sie den Laden verlassen. Ich schließe heute früher. Ich will mit Tom alleine sein.

Zitternd hole ich mein Handy aus der Hosentasche und tippe eine Nachricht an Tom.

War bestimmt eine lange Reise. Vielleicht hast du Lust, mit mir etwas zu essen? Es gibt Kartoffelauflauf mit Hühnchen. Ist in einer halben Stunde fertig. Maeve

Das ist das Essen, was ich ihm am ersten Tag kredenzt habe. Es dauert keine zwei Sekunden, bis ich sehe, dass Tom etwas schreibt und wieder aufhört. Und wieder schreibt. Und wieder aufhört. Ich wünschte, ich könnte sein Gesicht sehen. Schließlich kommt seine Antwort.

Liebend gerne! Ich freue mich darauf, dich zu sehen. Tom.

TOM

Ich starre auf mein Handy. Seit Minuten. Ich kann nicht glauben, was gerade passiert. Marys Hüsteln holt mich wieder ins Hier und Jetzt.

„Dein Zimmer ist oben im zweiten Stock am Ende des Gangs. Es ist das einzige, das eine Wanne hat." Sie zwinkert mir zu. „Ich weiß aus sicherer Quelle, dass dir das gefallen wird."

Erstaunt sehe ich sie an. Das letzte Mal, als ich hier war, habe ich von allen Seiten nur eisiges Schweigen geerntet und jetzt sowas? Was geht hier vor?

„Danke." Mehr fällt mir nicht ein. Ich nehme meinen Koffer und gehe wie in Trance die Treppen hoch, schließe das Zimmer auf und lasse mich aufs Bett fallen.

Maeve hat mich zum Essen eingeladen! Maeve spricht ganz offensichtlich wieder mit mir! Und sie hat mich zum Essen eingeladen! Mein Herz schlägt

Purzelbäume. Ich sehe nochmal auf mein Handy. Da steht es schwarz auf weiß! Sie hat mich zum Essen eingeladen!

Mein Gehirn fängt an zu rattern und mir alles Mögliche auszumalen. Fast kann ich die Herzchen sehen, die in meinen Augen erscheinen. Ho, Brauner! Das ist zu früh. Sie hat dich nur zum Essen eingeladen, Tom. Nichts weiter. Das muss sonst gar nichts bedeuten!

Plötzlich sehe ich auf die Uhrzeit. Heilige Scheiße, ich habe nur noch zehn Minuten. Ich hechte unter die Dusche, rasiere mich in Rekordzeit und erinnere mich daran, als ich es das letzte Mal so eilig gehabt hatte. Kurz, bevor mein Leben zu einem Trümmerhaufen wurde.

Energisch schüttle ich den Gedanken ab, ziehe mich in Rekordzeit an und stehe fünf Minuten später vor Maeves Wohnungstür. Ich höre sie ein gälisches Lied mit fröhlicher Melodie singen und mein Herz schlägt, als wollte es sich dem Takt anpassen.

Ich habe nichts, was ich ihr mitbringen kann, außer der Überschreibungsurkunde. Aber ich hoffe, dass die ihr ein breites Lächeln aufs Gesicht zaubert. Ich straffe nochmal die Schultern und klopfe an.

MAEVE

„Herein, es ist offen! Wie immer!“, rufe ich und muss mich zusammenreißen, um nicht sofort in den Flur zu rennen und mich Tom an den Hals zu schmeißen. Vielleicht will er mich ja gar nicht mehr? Rede keinen Unsinn, Maeve! Betty hat gesagt, er liebt dich! Und er will seinen Verlag für dich opfern!

„Hallo Maeve." Tom steht plötzlich in der Küche.

Er sieht ein bisschen blasser aus, als ich ihn in Erinnerung habe, und unter seinen Augen liegen dunkle Schatten, aber die vorwitzige Haarsträhne fällt ihm wieder in die Stirn. Er lächelt und streckt mir etwas unsicher seine Hand entgegen.

Ich lasse Plan Plan sein. Ich wollte erwachsen und cool sein und ihm ganz ruhig sagen, dass ich nochmal über alles nachgedacht habe. Aber in diesem Moment weiß ich, dass ich einfach meinem Herz folgen muss.

Ich laufe auf ihn zu und schlinge meine Arme um ihn. „Tom, ich habe dich so vermisst! Es tut mir leid, dass ich dich nicht habe ausreden lassen und wir nicht darüber sprechen konnten, was passiert ist. Ich war so verletzt und dachte, ich kann dir nicht vertrauen, aber das stimmt ja gar nicht und wir haben vielleicht noch eine Chance, wenn du es noch möchtest! Wobei ich natürlich auch verstehen kann, wenn du es vielleicht nicht möchtest, immerhin habe ich dir auch ganz schön wehgetan, aber ich liebe dich und ich würde mir wünschen, dass wir es nochmal versuchen!", sprudelt es aus mir heraus.

Jetzt muss ich erstmal Luft holen, weil ich außer Atem bin.

Tom lächelt breit und nimmt mein Gesicht in seine Hände. „Meinst du das ernst, Maeve?"

„Natürlich. Sonst hätte ich es doch nicht gesagt." Ich grinse ihn an.

„Ich liebe dich, Maeve, und natürlich möchte ich es nochmal versuchen!" Er beugt sich zu mir und küsst mich.

Zärtlich und süß, dann wird der Kuss leidenschaftlicher und seine Hand wandert zu meinem Hals. Ich schmiege mich an ihn und will, dass der Kuss nie aufhört. Aber natürlich klingelt in dem Moment der Wecker, um mir zu sagen, dass der Auflauf fertig ist.

Lachend löst Tom sich von mir. „Ich hab dich so sehr vermisst, meine Feuerfee. Ich dachte, ich würde nie wieder fröhlich sein."

„Ich weiß genau, wie sich das anfühlt." Ich lege meine Hand an seine Wange. „Lass mich eben das Essen aus dem Ofen holen, dann küssen wir uns weiter, ja?"

Sein glückliches Lächeln sagt mir alles. Ich kann es nicht glauben. Tom ist wieder bei mir. Mein Herz jubelt und ich könnte singen vor Glück!

TOM

Damit habe ich nicht gerechnet, aber ich werde mich nicht beschweren! Maeve, meine süße Maeve, will uns noch eine Chance geben. Jetzt kommt mir die Entscheidung, den Verlag aufzugeben, nicht mehr wie ein Fehler vor. Vielleicht musste es so sein, damit ich mein Leben mit ihr verbringen kann.

Sie holt das Essen aus dem Ofen. Es ist das gleiche Gericht wie damals an meinem ersten Abend hier. Nachdem es sicher auf dem Küchentresen steht, lege ich meine Arme von hinten um Maeve.

„Ich liebe dich, meine Feuerfee. Ich bin so glücklich, dass du mir verzeihst.“ Ich streiche ihre wilden Locken zur Seite und küsse ihren Hals.

Sie bekommt Gänsehaut und schnurrt.

„Darüber bin ich auch glücklich“, murmle ich an ihrem Ohr. „Aber bevor wir da weitermachen, muss ich dir noch ein paar Sachen sagen.“ Ich kann nicht so tun, als wäre nichts geschehen. Und ich will gleich reinen Tisch mit ihr machen.

„Ich muss dir auch ein paar Sachen sagen“, flüstert sie.

„Lass mich bitte anfangen!“ Ich drehe sie zu mir um. „Maeve, ich werde den Verlag verkaufen. Ich kann das Manor nicht so schnell zu Geld machen, wie ich dachte, und ich werde die Buchhandlung nicht verkaufen! Das habe ich dir versprochen und das werde ich auch halten! Im Gegenteil, ich werde sie dir überschreiben!“ Ich sehe, dass Maeve etwas sagen will, aber ich lege ihr meinen Finger auf die Lippen und spreche weiter. „Selbst wenn ich sie verkaufen würde, würde es langfristig nicht reichen, und da ich dir niemals so wehtun würde, habe ich mich entschlossen, sie dir zu schenken. Das Manor kann ich dann entweder später verkaufen oder vielleicht kann ich auch darin wohnen, falls du dir vorstellen könntest, dass ich hierbleibe. Und da ich bald arbeitslos sein werde, fällt mir gerade ein, dass ich mich bei dir als Buchhändler bewerben könnte. Was meinst du? Wollen wir zusammen arbeiten?"

Hoffnungsvoll sehe ich sie an und entdecke ein Funkeln in ihren schönen grünen Augen.

„Ich würde sehr gerne mit dir arbeiten, Tom." Maeve strahlt mich an. „Molly würde gerne kürzertreten und mit Seamus mal Urlaub machen und vor allem brauche ich jemanden, der mir mit meinem Manuskript hilft. Ich habe da ein Angebot von einem ziemlich guten Verlag bekommen und dachte, du könntest da mal drüberschauen?"

Ich ignoriere den Stich, den ihre Worte in meinem Herzen auslösen. Natürlich. Es ist ihr gutes Recht, ihr Buch anzubieten, wem sie will. „Natürlich mache ich das, es gibt ein paar Dinge, die man immer beachten sollte. Ich freue mich, dass du dein Buch doch veröffentlichen willst. Kenne ich den Verlag?", frage ich und versuche, so neutral wie möglich zu klingen.

„Ja, ich denke schon. Sein Besitzer ist ein echter Schönling, aber wirklich nett."

Ich hebe eine Augenbraue. „Fällt mir spontan nichts zu ein."

„Wirklich nicht?" Maeve lacht. „Der Verlag sitzt in Boston."

Die zweite Augenbraue wandert auch nach oben.

„Tom, *du* hast mir das Angebot gemacht. Und ich will mit dir veröffentlichen. Natürlich nur, wenn du nicht an diese Aasgeier verkaufst.“ Maeve seufzt.

Ich hebe sie hoch und wirble mit ihr herum. „Warum sagst du das denn nicht gleich?“

„Ich dachte, du würdest schneller draufkommen“, verteidigt sie sich kichernd, als ich sie wieder auf die Füße stelle.

„Weißt du was, Maeve? Ich wollte sowieso fragen, ob du Lust hast, mit mir an dem Buch zu arbeiten und ihm den letzten Schliff zu geben. Das können wir gemeinsam tun. Was meinst du?“ Fragend sehe ich sie an.

Sie nickt strahlend. „Das klingt fantastisch.“

„Vielleicht gründe ich hier einfach einen neuen, kleineren Verlag“, sage ich nachdenklich, „denn bei Creepbooks wirst du hoffentlich nicht veröffentlichen wollen.“

„Auf gar keinen Fall. Und ich dachte, vielleicht können wir uns noch was überlegen, damit du Artom doch behalten kannst?“ Sie sieht plötzlich niedergeschlagen aus. „Es ist dein Traum gewesen.“

„Das stimmt. Aber manchmal muss man Träume auch gehen lassen, um Platz für neue zu machen.“ Zärtlich sehe ich sie an. „Aber was auch immer die Zukunft für uns bereithält, ich bin mir sicher, zusammen schaffen wir alles.“

Tom sieht so zuversichtlich aus, dass mir ganz warm ums Herz wird. Und ich kann mir wirklich alles mit ihm vorstellen. Aber jetzt muss ich ihm erstmal die Wahrheit sagen. Nämlich, dass Betty mit mir gesprochen hat und ich ihn hierher gelockt habe.

„Tom?“, beginne ich mutig.

„Was denn, meine Feuerfee?“

„Wir sollten erstmal essen.“ Ich lächle ihn an und rolle innerlich mit den Augen über mich. So viel zu meinem Plan. Scheint heute der Tag der verworfenen Pläne zu sein.

„Sehr gerne. Ich sehe, es ist alles schon gedeckt.“ Er beugt sich zu mir und küsst mich zärtlich. „Ich kann es kaum erwarten, was es zum Nachtisch gibt.“

Kichernd erwidere ich seinen Kuss. „Wir werden sehen.“

Während des Essens halten wir Händchen und schwelgen in unserem Glück. Wir sehen uns tief in die Augen und Tom sagt mir immer wieder, wie sehr er mich liebt und vermisst hat.

Jetzt oder nie! Ich will unsere zweite Chance nicht mit Geheimnissen beginnen. „Tom, ich liebe dich auch, aber ich muss dir etwas sagen.“

Na toll, Maeve, das ist ja ein grandioser Einstieg. So subtil. Offensichtlich hat er das genauso empfunden.

Neugierig und ein bisschen beunruhigt sieht er mich an.

„Betty hat mich vor ein paar Tagen angerufen und mir gesagt, was du vorhast“, sage ich leise. Ich spüre, dass er seine Hand wegziehen will, aber ich halte ihn fest. „Sie hat sich Sorgen um dich gemacht. Und sie hat mir den Kopf gewaschen.“ Ich muss grinsen. „Eigentlich wusste ich es schon, aber sie hat mir klargemacht, dass dein angeblicher Verrat eigentlich keiner ist und dass du mir nie im Leben einen Vertrag angeboten hättest, wenn du mein Buch nicht mögen würdest.“

Ernst sieht er mich an. „Du wusstest also, dass ich den Verlag verkaufen und dir die Buchhandlung überschreiben will?“

Ich nicke und mein Herz rutscht mir in die Hose, als ich sein Stirnrunzeln bemerke. „Wir wollen beide nicht, dass du deinen Lebenstraum aufgibst.“

„Hast du deshalb gesagt, du willst bei mir veröffentlichen?“

Ich nicke erneut. „Es tut mir leid, ich wollte dir das vorhin schon sagen, aber du wolltest unbedingt anfangen und dann war es irgendwie komisch und mich hat auch ein bisschen der Mut verlassen.“ Ich sehe auf meinen Teller, dann hebe ich meinen Kopf. „Also, es tut mir leid, dass ich dir das nicht sofort gesagt habe. Aber es tut mir nicht leid, dass Betty und ich uns überlegen, wie du Artom behalten kannst!“

Ich sehe seine Mundwinkel zucken und rede schnell weiter.

„Und da ich dir persönlich sagen wollte, dass ich dich liebe und finde, du solltest den Verlag nicht verkaufen, wenn es immer noch dein Traum ist, habe ich meinen Dad gebeten, dir zu sagen, dass du den Brief persönlich abholen musst.“

Tom hebt meine Hand an seinen Mund und drückt einen sanften Kuss darauf. Ernst sieht er mich an. „Weißt du, Maeve, wenn ich nicht wüsste, dass du und Betty mich sehr gerne habt und nur mein Bestes wollt, wäre ich jetzt echt ein bisschen sauer.“

Entschuldigend lächle ich ihn an.

„Aber wenn du mir noch ein paar Mal sagst, dass du mich liebst, kann ich darüber hinwegsehen!“

„Ich liebe dich, Tom! Ich liebe dich so sehr!“

Sein Blick fängt meinen ein und ich sehe das Glück darin.

„Und ich liebe dich, Maeve.“ Seine Stimme ist dunkel und verführerisch und ich überlege, ob wir den Nachtisch vielleicht ins Bett verlegen, als mir einfällt, dass Dad noch vorbeikommen wird.

Als ich die Überraschung für Tom geplant habe, wusste ich ja nicht, wie er reagiert. Natürlich habe ich gehofft, dass alles wieder gut werden würde, aber es hätte ja auch anders laufen können. Und deshalb war klar, dass Dad ihm den Brief heute Abend noch gibt.

Wie aufs Stichwort klopft es an der Tür und Dad kommt herein.

„Hallo Seesternchen, hallo Tom!“, begrüßt er uns mit einem breiten Lächeln. „Wie ich sehe, ist alles wieder gut zwischen euch?“

„Hallo, Mr. Murphy.“ Tom nickt ihm zu.

„Ach was Mr. Murphy. Sag ruhig wieder Michael zu mir, mein Junge. Jetzt, wo du Maeve wieder ein glückliches Lächeln aufs Gesicht zauberst.“

Kichernd drücke ich Toms Hand.

„Danke, Michael.“ Tom lächelt.

„Tom will mir die Buchhandlung überschreiben, Dad!“, platze ich heraus. „Und er bewirbt sich bei mir als Buchhändler!“

Mein Vater sieht irritiert von mir zu Tom.

„Es stimmt. Ich überlege, meinen Verlag zu verkaufen. Und ich will hier in Primrose Cove bleiben. Boston hat seinen Reiz für mich verloren, seit ich mich in Irland verliebt habe.“

Ein schelmisches Grinsen erscheint auf seinem Gesicht, als er erneut meine Hand an seinen Mund zieht und einen Kuss darauf haucht.

„Ins Land und in eine absolut bezaubernde Irin.“

TOM

Es sieht so aus, als ob ein paar Tränen in Michaels Augen lauern, aber er strahlt uns beide an.

„Wie sehr mich das freut!“ Sein Blick wird weich. „Ach ja, und wenn das so ist, habe ich übrigens zwei Briefe für dich.“ Er zieht zwei Umschläge aus seinem

Jackett und hält mir einen hin. „Den zuerst."

Neugierig nehme ich ihn entgegen und betrachte ihn. Er ist aus einem leicht angerauten, edlen Papier gefertigt und hat die Farbe eines warmen, dunklen Beiges. Auf der Vorderseite befindet sich nur ein Wort - TOM -, das in einer klaren schwarzen Schrift gedruckt wurde. Die Konturen des Wortes sind scharf und sauber ausgestochen, wodurch es dem Umschlag etwas Edles verleiht.

Die Rückseite des Umschlags ist glatt und eben, ohne Muster oder Design, aber mit einem Siegel versehen. Der Briefumschlag sieht elegant und luxuriös aus und würde jeden Empfänger beeindrucken. Ich weiß nicht, was ich davon halten soll, also öffne ich ihn einfach.

„Möchtest du allein sein, wenn du ihn liest?", fragt Maeve leise.

„Nein, es ist okay. Ihr könnt hierbleiben." Fragend sehe ich Michael an. „Weißt du, was drinsteht?"

Er schüttelt den Kopf. „Das weiß niemand. Er wurde uns versiegelt übergeben."

Ich hole noch einmal Luft, bevor ich den Brief herausziehe und zu lesen beginne.

Lieber Tom,

ich weiß, dass du mich wahrscheinlich hasst, und ich hasse mich manchmal selbst für das, was ich dir angetan habe. Damals, als deine Eltern und Großeltern gestorben sind, war ich völlig überrumpelt und fühlte mich absolut nicht in der Lage, mich um einen traumatisierten Siebenjährigen zu kümmern.

Dass das eine schlechte Entscheidung war, brauche ich dir nicht zu erzählen.

Ich war so in meine Arbeit vertieft und hatte mein Herz verschlossen, dass ich es nicht sehen konnte.

Kennst du das Märchen vom Geist der Weihnacht von Charles Dickens? Natürlich kennst du es, du bist Verleger und hast Literaturgeschichte studiert. Woher ich das weiß?

Ich habe deinen Weg verfolgt und eines der Stipendien für die Universität kam von mir. Aber zurück zu Dickens. Ich stelle jetzt, wo es auf mein Ende zugeht, fest, dass ich wie Ebenezer Scrooge geworden bin. Und das ist kein schönes Gefühl.

Ich habe immer gearbeitet und viele falsche Entscheidungen in meinem Leben getroffen und ich möchte mich aus tiefstem Herzen bei dir entschuldigen, für das, was ich dir angetan habe, dadurch, dass ich nichts getan habe.

Ich kann es nicht mehr gutmachen, aber ich kann versuchen, dich davon abhalten, so zu werden wie ich.

Ich habe schon gesagt, dass ich deinen Weg verfolge. Ich tue es immer noch. Und ich weiß, dass du deine Arbeit immer in den Vordergrund stellst. Dein Verlag ist dein Ein und Alles, so wie es meine Arbeit für mich war, aber das wird dich auf Dauer nicht glücklich machen!

Du hast dich bestimmt gefragt, warum ich dich gezwungen habe, nach Primrose Cove zu gehen und in dem kleinen Buchladen zu arbeiten.

Ich nicke unwillkürlich und lese gespannt weiter.

Ich habe damals mein Herz in Primrose Cove verloren. Ich habe das Herrenhaus als Investment bauen lassen und vorher die Buchhandlung aus einer Laune heraus gekauft. Dort habe ich auch Maureen Connolly kennengelernt und mich in sie verliebt. Sie war die bezauberndste Frau der Welt und ich hätte alles für sie getan. Nur nicht, auf meine Arbeit zu verzichten. Wir haben einen Sommer lang geträumt, wie es sein könnte, wenn wir zusammen in unserem ‚Schloss' wohnen würden, dann bin ich zurück nach Dublin gegangen und habe mich in meine Arbeit gestürzt, um Maureen alles bieten zu können, wovon sie immer geträumt hatte.

Ich habe zu spät begriffen, dass ihre Träume nicht materieller Art waren und sie ihre Liebe einem Mann geschenkt hat, der ihr zwar kein Schloss, aber ein Zuhause und seine ungeteilte Aufmerksamkeit bieten konnte. James Murphy war ein Glückspilz. Und ich war verbittert. Mein Weg, damit umzugehen, war, noch mehr zu arbeiten und mein Herz zu verschließen.

Ich habe das Herrenhaus nie wieder betreten, die Buchhandlung Molly Fitzpatrick überlassen und außer in den jährlichen Abrechnungen nicht mehr daran gedacht.

Natürlich war ich überrascht, als ausgerechnet Maureens Enkelin das Fairytale Books übernommen hat, aber sie kümmert sich gut um den Laden und hat auch die Wohnung erstklassig renoviert.

Das ganze Dorf geht bei ihr ein und aus und die Buchhandlung ist einer der Mittelpunkte von Primrose Cove.

Und das ist der Grund, warum du dort arbeiten solltest. Ich wollte, dass du erlebst, wie es sein kann, wenn man nicht jeden Tag nur an seine Arbeit denkt.

Ich hoffe, du konntest dich dem Zauber des irischen Dorfes auch nicht entziehen und hattest Zeit, dein bisheriges Leben ein bisschen zu überdenken.

Das wünsche ich dir jedenfalls.

Werde nicht wie ich. Arbeite, um gut zu leben. Aber lebe nicht, um zu arbeiten.

Dein Onkel Arthur

Verblüfft lasse ich den Brief sinken und sehe in die fragenden Gesichter von Maeve und ihrem Vater. Ich räuspere mich und trinke einen Schluck. Dann lese ich ihnen vor, was mein Onkel geschrieben hat.

„Granny war die Liebe deines Onkels?" Maeve ist genauso überrascht wie Michael. „Das übertrifft irgendwie alles, was ich mir ausgemalt habe."

„Sie hat nie etwas davon erzählt." Michael runzelt die Stirn. „Nur, dass sie ein paar Mal oben im Manor war und den Rosengarten angelegt hat."

„Sie hat den Garten angelegt?", fragen Maeve und ich gleichzeitig.

„Sie war als Gärtnerin beim alten Gryffin angestellt. Das weißt du doch, Seesternchen."

„Natürlich, aber ich wusste nicht, dass sie fürs Manor gearbeitet hat!" Maeve sieht ihren Vater erstaunt an. „Kein Wort hast du gesagt davon."

„War doch auch nicht wichtig bisher", verteidigt er sich.

Maeve schüttelt protestierend den Kopf. „Aber es wäre doch spannend gewesen!"

Entschuldigend zuckt er mit den Schultern. „Und jetzt den zweiten Brief. Den gibt es nur, weil du beschlossen hast, hierzubleiben und die Buchhandlung nicht zu verkaufen."

Gespannt öffne ich ihn und lese gleich laut.

Lieber Tom,

es freut mich mehr, als du jemals wissen wirst, dass du dich entschieden hast, in Primrose Cove zu bleiben und die Buchhandlung zu behalten.

Ich weiß, dass das Herrenhaus verfallen ist und es sehr teuer wird, es wieder herzurichten. Und ich weiß, dass du dir hier in Irland ein neues Leben einrichten musst und auch das mit Kosten verbunden ist.

Dein Verlag hat in den letzten Monaten an Marktwert verloren, was mir wirklich leidtut. Die zwei Millionen sollten ausreichen, um ihn wieder auf die Beine zu bringen. Für dein neues Leben in Irland stehen dir jetzt weitere fünf Millionen zur Verfügung. Ich hoffe, du machst daraus etwas, was dich und andere glücklich macht.

In Liebe, Arthur

Ich kann nicht fassen, was ich da lese. Deshalb lese ich es nochmal. Auch Maeve sitzt nur mit großen Augen da und starrt mich an.

„Stimmt das?", frage ich Michael schließlich.

Er nickt mit einem Grinsen.

„Du wusstest das? Dad!" Maeve sieht ihn empört an.

„Also hört mal. Das unterlag der Schweigepflicht! Es wäre ja wohl keine Überraschung gewesen, wenn das vorher bekannt gewesen wäre." Michael verdreht die Augen. „Außerdem wollte Mr. O'Brien, dass Tom die Entscheidung unabhängig von finanziellen Belohnungen trifft. Und das wäre ja nie passiert, wenn er das gewusst hätte."

„Das stimmt." Ich springe auf. „Maeve, weißt du, was das bedeutet?"

Sie strahlt mich an. „Jawohl. Du kannst den Verlag behalten und das Waisenhaus retten und das Manor herrichten lassen."

Ich ziehe sie vom Stuhl und tanze mit ihr durch die Wohnung. „Wahnsinn! Das ist der schönste Tag meines Lebens!" Ich schlinge meine Arme enger um sie und ziehe sie in einen Kuss. „Aber das wäre er auch so, denn du hast gesagt, dass du mich liebst!"

Ein Hüsteln holt uns aus dem Moment.

„Ich gehe dann wohl mal lieber." Michael steht schon im Flur. „Und ihr feiert einfach noch ein bisschen."

„Danke, Dad." Maeve macht sich von mir los und umarmt ihren Vater.

Ich gehe ebenfalls hin und schüttle seine Hand. „Danke, Michael."

„Ich bin zwar nur der Überbringer der guten Nachricht, aber ich nehme den Dank gerne an." Er grinst. „Die restlichen Unterlagen kannst du dann morgen unterschreiben, Tom. Gute Nacht, ihr beiden."

Wir winken ihm zu und gehen zurück an den Esstisch, als mein Handy vibriert. Ich ziehe es aus der

Hosentasche und lese die Nachricht. Sie ist von Betty.

„Maeve, kneif mich mal."

Sofort ist Maeve bei mir und sieht auf das Display, das ich ihr hinhalte.

„Trixi hat es sich anders überlegt und will doch mit uns arbeiten!!!", liest Maeve laut vor. „Tom, das ist ja wie im Märchen!"

Ich lege mein Handy weg und schließe Maeve in meine Arme. „Das ist es, meine irische Feuerfee!" Wir versinken in einem langen Kuss. „Es ist unser ganz persönliches Märchen."

Zärtlich sieht sie mich aus ihren großen grünen Augen an. „Und wir werden gemeinsam dafür sorgen, dass es immer weitergeht."

KAPITEL 20

6 Monate später …

MAEVE

„Ich kann es immer noch nicht ganz glauben.“ Ich sitze auf dem Balkon vor unserem Schlafzimmer neben der Bibliothek und genieße im Bademantel die Sonne.

Tom kommt zu mir und reicht mir einen Becher mit Tee. „Ich schon. Primrose Manor erstrahlt in neuem Glanz, alles ist eingerichtet und schön gemacht und heute Abend kommen alle, um mit uns die offizielle Einweihung zu feiern. Mein Leben ist ein absoluter Traum!“ Er breitet seine Arme aus. „Und ich will jeden Morgen mit dir aufwachen und hier frühstücken. Es war eine gute Idee von dir, die kleine Küche hier oben neben dem Büro einbauen zu lassen. Dann können wir hier unser Frühstück machen und müssen nicht immer runter.“ Er lächelt mich zärtlich an. „Wie hast du die erste Nacht in unserem neuen Zuhause geschlafen?“

„Fantastisch!“ Ich ziehe Tom am Kragen seines Bademantels zu mir herunter, um ihn zu küssen. „Ich kann mich an keinen Traum mehr erinnern, aber mein Leben ist auch so schon traumhaft.“

„Wie es passt.“ Er lässt sich neben mir in den breiten Stuhl sinken und legt seine Arme um mich. „Und weißt du was?“

„Wir müssen noch tausend Sachen erledigen, bevor nachher die große Party steigt?“, frage ich zurück.

Er schüttelt den Kopf. „Nein, das überlassen wir Paddy und seiner Crew. Er kommt um zwölf und beginnt mit den Vorbereitungen. Es ist so praktisch, dass alle hier in Primrose Cove so viele Dinge können. Ob Paddy für eine Hochzeit das Catering macht oder eben für unser Fest ist ja fast das Gleiche. Gladys und Roisin haben alles auf Hochglanz poliert. Betty und Mrs. Sharingham schlafen ihren Jetlag von gestern aus und werden später von deinen Eltern im Hotel abgeholt und mit hierhergebracht.“

„Ich finde immer noch, dass sie hier hätten schlafen sollen. Wir haben zwei Gästesuiten, die so groß sind wie meine alte Wohnung“, murmle ich.

„Darüber haben wir doch gesprochen." Tom streicht mit seinem Daumen über meine Wange. „Sie wollten beide unsere erste Nacht hier nicht stören und ehrlich gesagt bin ich ziemlich froh drum."

Ich nicke. „Du hast recht. Es ist schön, sich gerade mal einen Moment um nichts und niemanden kümmern zu müssen. Die letzten Monate waren stressig genug."

„Eben, meine Feuerfee. Und weil das so ist, habe ich heute eine Überraschung für dich." Tom grinst wie ein kleiner Junge.

„Ach ja?"

„Jawohl. Also zieh dir was Bequemes und Warmes an. Wir machen uns in einer halben Stunde auf den Weg." Er steht auf und zieht mich mit sich hoch. „Neue Abenteuer erleben."

TOM

Ich bin gespannt und aufgeregt und auch ziemlich nervös. Nicht nur, wie Maeve reagieren wird. Aber ich hoffe, dass sie sich freut und begeistert ist.

Sie singt in ihrem Ankleidezimmer vor sich hin. Eigentlich wollte sie gar keins haben, aber ich konnte sie dazu überreden, weil sie schließlich als baldige Bestsellerautorin auch häufiger zu Events eingeladen werden wird und sich deshalb eine viel größere Garderobe zulegen muss. Ich seufze glücklich, während ich mich selbst umziehe. Alles ist perfekt.

Betty leistet als neue Geschäftsführerin von Artom Publishing Boston großartige Arbeit. Sie hat Creepbooks' Anwälte das Fürchten gelehrt und die Grays unsererseits wegen Vertragsbruch verklagt. Bisher sieht es gut für uns aus.

Außerdem hat sie Beatrix Macfarnlys neues Buch in Rekordzeit vorbereitet, sodass es nächsten Monat bereits veröffentlicht wird. Trixi wird heute Abend sogar auch hier sein, aber das wird eine Überraschung für Maeve. An Maeves Buch arbeiten wir noch, aber es wird das erste sein, das Artom Publishing Irland mit Hauptsitz in Primrose Cove herausbringen wird.

Ich überprüfe nochmal, ob ich die Karte dabeihabe und checke nochmal die Daten, die die Jungs von der Küstenwache mir gegeben haben. Dann hole ich tief Luft und straffe die Schultern. „Bist du so weit, meine Feuerfee?", frage ich laut.

„Bin bereit, mein Prinz." Sie kichert und kommt ins Schlafzimmer.

Mir stockt mal wieder der Atem. Sie hat ihre Haare zu einem wilden Dutt hochgesteckt und trägt nur Jeans und einen wollweißen Aran Pullover mit einem der typischen Muster. Sie ist die schönste Frau der Welt und ich liebe sie so sehr!

Neugierig legt sie den Kopf schief. „Was guckst du so verträumt?"

Ich ziehe sie an mich und gebe ihr einen Kuss. „Ich habe nur gedacht, wie schön du bist und wie sehr ich dich liebe."

„Das kann ich nur zurückgeben." Sie seufzt und

lächelt. „Und wohin gehen wir jetzt? Ich bin schon so aufgeregt!“

Ich tippe auf ihre Nasenspitze. „Das wird nicht verraten! Aber ich hoffe, es wird dir gefallen.“

„Ich bin sehr gespannt.“

MAEVE

Ich habe nicht damit gerechnet, dass wir an den Strand fahren. Wir sind beide keine großen Wasserratten, obwohl wir den Anblick des Meeres von unserem Berg und Primrose Cove aus lieben.

Umso erstaunter bin ich, als ich Mike sehe. Jacks Sohn ist bei der Küstenwache und koordiniert die Einsätze.

„Was machst du denn hier?“, frage ich neugierig.

„Dein Freund hat mich gebeten, etwas zu organisieren“, antwortet er kryptisch und zieht dabei mit einem Stock ein übergroßes Kreuz in den Sand.

Ich wende mich an Tom. „Willst du mir nicht endlich sagen, worum es geht?“ Er schüttelt den Kopf und grinst wieder so spitzbübisch. Eine Sekunde später höre ich ein merkwürdiges Geräusch. Ich lege den Kopf in den Nacken und suche den Himmel ab. „Das hört sich nach einem Hubschrauber an.“

Mike grinst. „Das ist ein Kollege von mir. Er bietet seine Dienste jetzt auch für Privatleute an.“

Verblüfft sehe ich aus sicherer Entfernung zu, wie

der Hubschrauber auf dem Strand landet. Der Krach ist ohrenbetäubend und Sand fliegt herum wie bei einem Sturm. Es ist ein echtes Spektakel, bis die Rotorblätter stillstehen.

„Komm!“

Tom verschränkt seine Finger mit meinen und zieht mich geduckt unter den Rotorblättern zur Tür.

Mike hilft uns hinein und wir bekommen Kopfhörer, nachdem wir uns hingesetzt und angeschnallt haben. Der Pilot stellt sich als Steve vor, gibt uns eine kurze Sicherheitseinweisung und startet den Motor. Die Rotorblätter beginnen sich zu drehen und der Helikopter hebt ab.

Während wir eine Runde über die grünen Hügel Irlands fliegen, ist meine Hand immer noch mit Toms verschränkt. Und ich habe immer noch keine Ahnung, was das alles zu bedeuten hat.

Wir fliegen über Primrose Manor, was von oben genauso zauberhaft aussieht wie vom Boden, und drehen schließlich ab zum Atlantik. Wir fliegen nicht weit, bis wir an einer kleinen Insel sind. Erstaunt sehe ich Tom an, der grinst.

„Das ist Grace O’Malleys Insel!“, höre ich ihn über die Kopfhörer sagen.

„Ich weiß!“ Aufgeregt sehe ich nach unten. Schroffe Steinklippen ragen aus dem Wasser empor, Schaumkronen umschweben die steinige Küste und auf der Insel ist auch nirgends ein flacher Platz zu entdecken.

„Richtig.“ Steve nickt. „Ich kann den Hubschrauber hier nicht landen. Ihr müsst also vorsichtig sein, wenn ihr aussteigt.“

Ich starre Tom an, der meine Hand hält.

„Es ist nicht schwer, Maeve. Ich helfe dir.“

„Also gut. Aber wenn ich dabei sterbe, bringe ich dich um, Tom!“

„Darfst du, aber das wird nicht passieren.“

Er beugt sich zu mir und küsst mich. Sofort fühle ich mich ruhiger. Er würde mich nie in Gefahr bringen.

Unser Pilot steuert den Hubschrauber zu einem kleinen grünen Flecken und bringt ihn so nahe an den Boden, dass es nur noch ein großer Schritt ist. Wir wechseln die Kopfhörer mit Mikrofon gegen welche, die nur als Lärmschutz dienen, und steigen aus.

Gebückt laufen wir außer Reichweite und sehen den Helikopter abheben und wegfliegen.

„Ausgesetzt zu werden auf einer einsamen Insel, ist jetzt nicht unbedingt meine Vorstellung von Spaß“, murmle ich, während ich die Kopfhörer abnehme. Aber ich bin aufgeregt und neugierig.

„Maeve, du hast mir immer wieder gesagt, dass du eines Tages auf dieser Insel nach Grace‘ Schatz suchen willst.“ Tom kramt in seinem Rucksack und zieht strahlend etwas hervor. „Und ich habe sogar eine Schatzkarte gefunden!“

Lachend setze ich mich auf einen Stein. „Du bist verrückt!“

„Verrückt nach dir, das gebe ich zu." Tom hält mir die Karte hin.

Sie ist tatsächlich wie eine alte Schatzkarte gemacht. Die Insel ist eingezeichnet und man kann die Steinformationen erkennen, die hier liegen. Groß ist die Insel nicht, aber hügelig.

„Hier sind wir jetzt", sagt Tom und deutet auf den Punkt, von dem aus eine gestrichelte Linie in vielen Windungen und sogar einmal in Herzform schließlich zu einem Kreuz führt.

„Wie praktisch, dass die Seeräuber genau hier gelandet sind, wo wir auch gelandet sind", sage ich neckend.

„Nicht wahr? Es ist verblüffend." Tom grinst breit. „Wollen wir suchen?"

Ich greife nach seiner Hand und lasse mir hochhelfen. „Auf jeden Fall. Davon träume ich schon, seit ich ein kleines Mädchen war." Seufzend sehe ich mich um und mir wird erst jetzt bewusst, was Tom für mich getan hat. „Danke." Ich habe Tränen in den Augen. „Das ist verrückt und wahrscheinlich irrsinnig, absurd teuer, aber danke."

Er küsst mich zärtlich. „Es ist der einzige Weg, auf die Insel zu gelangen, wenn man nicht schwimmen will."

„Und das wollen wir definitiv nicht." Ich schüttle den Kopf.

„Eben. Bist du bereit?"

„Aber sowas von. Lass uns den Schatz finden und

dann hoffen, dass Steve uns auch wieder abholt." Aufmerksam besehe ich mir die Karte, auf der auch, wie es sich gehört, die Anzahl der Schritte in die eine oder die andere Richtung angegeben sind.

„Das wird er. In zwei Stunden kommt er wieder und bringt uns zurück. Wir werden sogar noch Zeit für ein Bad in unserer riesigen Wanne haben", verspricht mein Freund mir.

„Perfekt." Ich tippe auf die Karte. „Fünfzehn Schritte nach Westen. Äh, habe ich schon mal erwähnt, dass meine Orientierung nicht die Beste ist?"

„Bisher noch nicht, aber zum Glück ist die Insel ja auch nicht so groß." Er nimmt die Karte und dreht sie. „Da geht's lang."

Kichernd gehe ich los.

Es dauert nicht besonders lange, bis wir den Hinweisen auf der Karte gefolgt sind und schließlich eine Stelle neben einem Felsvorsprung mit Blick auf Primrose Cove erreichen. Hier sind wir geschützt vor dem Wind, und die Erde rund um ein paar kleine Grasbüschel sieht tatsächlich etwas aufgewühlt aus.

„Hier muss es sein!", rufe ich und drehe mich zu Tom, der mir bereits eine kleine, rote Kindergartenschaufel hinhält. „Du bist ja super vorbereitet." Ich muss kichern.

„Es soll doch das perfekte Abenteuer sein." Er lächelt und lässt mich graben.

Ich freue mich so sehr, dass die Überraschung gelungen ist. Ich habe sie geplant, seit Maeve mir das erste Mal von der Insel erzählt hat. Nun ja, nicht in allen Einzelheiten geplant, wie sie jetzt ausgeführt wird, aber mir war immer klar, dass ich Maeve eines Tages auf diese Insel bringen werde.

„Puh, das ist doch ganz schön anstrengend." Sie sieht auf und wischt sich mit dem Handrücken über die Stirn, was einen kleinen Streifen Erde hinterlässt. Ihre Wangen sind gerötet und ihre Haare zerzaust. Sie ist bezaubernd. Meine Feuerfee ist glücklich, trotz ihrer Worte. Das sehe ich in ihren wundervollen Augen.

„Hier, ich habe ein kleines Picknick für uns vorbereitet. Eigentlich wollte ich damit noch warten, bis du den Schatz gefunden hast, aber wir können auch jetzt schon beginnen", sage ich lächelnd und deute hinter mich.

Verblüfft sieht sie an mir vorbei auf die karierte Decke, die ich ausgebreitet habe, und die Leckereien und den Champagner.

„Du hast wirklich an alles gedacht!" Sie schmunzelt. „Aber natürlich will ich erst den Schatz finden!" Entschlossen packt sie die Schaufel fester und stößt sie wieder in die Erde.

Ein metallisches Klacken ertönt und ich bin erleichtert. Der Schatz sollte hier sein, ich habe ihn schließlich vor einer Woche hier versteckt, als Maeve mit ihrer Mutter in Galway war.

„Es ist eine kleine Truhe!“, ruft Maeve aufgeregt und zieht sie aus dem Boden. „Oh wie toll! Tom, das ist fantastisch!“

Glücklich streichelt sie über die Kiste aus Holz mit den Eisenverschlägen. Sie ist nur wenig größer als ihre Hand, hat aber das typische Design einer Schatztruhe.

„Willst du sie nicht aufmachen?“, frage ich sanft.

„Ich will erst noch den Moment genießen, einen Schatz gefunden zu haben.“ Maeve presst die Truhe an ihr Herz und es stört sie kein bisschen, dass sie damit ihren Pullover dreckig macht. „Jetzt bin ich bereit.“ Vorsichtig klappt sie den Deckel auf. „Da ist ein kleines Samtsäckchen drin.“

Schnell stellt sie die Schatzkiste auf einen Stein und holt neugierig das Säckchen heraus, das mit einer goldenen Kordel zugeschnürt ist.

Das ist mein Zeichen. Ich gehe auf ein Knie und warte.

„Tom, da ist ein Ring drin.“ Sie dreht sich zu mir und erstarrt.

Sanft nehme ich ihr die Samthülle ab und hole den Ring heraus. Er ist aus Gold mit einem Rubin in der Mitte, der von zwei Smaragden eingerahmt ist. Genau das passende für meine Feuerfee. Ich habe den Ring vor zwei Monaten anfertigen lassen.

Mein Herz schlägt mir jetzt doch bis zum Hals, als ich ihr den Ring entgegenhalte. Ich hole tief Luft.

„Maeve, meine Feuerfee, Liebe meines Lebens. Du

bist meine beste Freundin und meine Geliebte. Du bist ein Teil von mir geworden und machst mich jeden Tag glücklicher, als ich am Tag zuvor war. Mit dir zu lachen, lässt mein Herz hüpfen, und mit dir zu schweigen, ist Balsam für meine Seele. Du ergänzt mich und ich kann bei dir ich selbst sein und ich hoffe, du fühlst dasselbe. Wir müssen uns nicht voreinander verstecken und brauchen keine Masken. Ich kann und will mir ein Leben ohne dich nicht mehr vorstellen. Ich wünsche mir nichts mehr, als das du mein ‚und sie lebten für immer glücklich und zufrieden' bist. Ich liebe dich. Willst du mich zum glücklichsten Mann im Universum machen? Willst du meine Frau werden?"

Sie schweigt einen Augenblick und ich sehe Tränen in ihren Augen schimmern.

„Oh Tom!" Sie beugt sich vor und nimmt mein Gesicht in ihre Hände. „Natürlich will ich das! Wie könnte ich auch nicht? Du bist mein Märchenprinz, der Realität geworden und viel besser als jedes Märchen ist."

Sie küsst mich zärtlich und flüstert die Worte, von denen ich nie genug bekommen werde.

„Ich liebe dich. Für immer!"

ENDE

REZEPT FÜR MAEVES BERÜHMTE SCHOKO-NUSS-KUGELN

Benötigt werden für 12 - 15 Stück:

Zerkleinerer/Häcksler

Butterbrotpapier oder Backpapier

Kühlschrank

½ Cup geröstete Haselnüsse

3 Medjool Datteln

4 getrocknete Aprikosen

1 – 2 Teelöffel Kakao (schwach entölt)

1 Prise Salz

¼ Teelöffel gemahlene Vanille

Und nach Belieben: 1 – 2 Teelöffel Haselnussmus

Zubereitung:

1. Datteln und Aprikosen kleinschneiden (achteln oder womit euer Zerkleinerer gut zurechtkommt).

2. Alle Zutaten bis auf das Haselnussmus in den Zerkleinerer geben und so lange bearbeiten, bis eine Masse wie grober Sand entsteht.

3. Um das Ganze ein wenig geschmeidiger zu machen und es besser formen zu können: Ein bisschen Haselnussmus nach Belieben dazugeben.

4. Nochmal mixen.

Die Masse ist fertig, wenn sie immer noch krümelig aussieht, sich aber gut zusammendrücken lässt.

5. Jetzt kleine Bällchen formen. Geht am besten, wenn die Hände mit kaltem Wasser benetzt sind.

6. Bällchen auf Backpapier oder Butterbrotpapier legen und in den Kühlschrank stellen.

Nach ca. 2 bis 3 Stunden sind sie kalt und dadurch fest geworden und schmecken fantastisch!

Viel Spaß beim Nachmachen und guten Appetit!

NACHWORT

Danke, dass du Maeve und Tom bis zu ihrem Happyend begleitet hast!

Wenn dir die Geschichte gefallen hat, würde es mich riesig freuen, wenn du bei Amazon eine Rezension oder Sternchen hinterlässt. Bewertungen helfen anderen Leserinnen und Lesern bei der Auswahl von neuem Lesestoff und natürlich freue ich mich über Feedback. ♥

Wenn du informiert werden möchtest, wann die nächsten Bücher veröffentlicht werden, kannst du bei Amazon auf der Produktseite des Buchs unter dem Cover auf den „Folgen"-Button klicken.

Oder du folgst mir bei Instagram unter: www.instagram.com/livomalley_autorin

Alles Liebe bis dahin!

Liv O'Malley

Kontakt: livomalley@yahoo.com

Du bekommst nicht genug von süßen Liebesgeschichten? Dann schau mal bei den bereits veröffentlichten Büchern vorbei:

„Herzklopfen in den Highlands“

Eine kleine Weberei in den schottischen Highlands aufkaufen! Mit dieser Aufgabe wird die New Yorkerin Emmy Baley von ihrem Chef nach Schottland geschickt. Da ihr Job von ihrem Erfolg abhängt, steht für Emmy einiges auf dem Spiel, aber wie schwer kann es schon sein, die Besitzer zu überzeugen?

Sean McFain kann die Städter nicht ausstehen, die alle naselang in Glenndoon auftauchen und die Weberei seiner Familie übernehmen wollen. Er wird niemals verkaufen! Egal für welchen Preis! Und das macht er auch jedem unmissverständlich klar.

Emmy hört davon, sobald sie inkognito in dem winzigen Dorf ankommt, und fasst einen verzweifelten

Plan! Sie gibt sich als normale Touristin aus und will Sean erst einmal kennenlernen, um eine neue Taktik zu entwickeln.

Doch in der malerischen Landschaft der Highlands kommen Emmy und Sean sich rasch viel näher als erwartet und das Leben der beiden wird gehörig durcheinandergewirbelt!

Begleite Emmy und Sean durch die schottischen Highlands auf ihrem rasanten Weg zum Happyend und lerne die liebenswürdigen Bewohner von Glenndoon kennen!

„Herzklopfen in den Highlands“ – eine mitreißende Liebesgeschichte und ein absolutes Wohlfühlbuch!

Lust auf eine hyggelige Auszeit an der dänischen Ostseeküste?

„Blaubeertörtchen & Strandkorbküsse“

Auf dem Höhepunkt ihrer Karriere als Primaballerina angekommen, verliert Lilly von einem Tag auf den anderen alles. Ihr Freund und Choreograph ersetzt sie nicht nur auf der Bühne, sondern auch in seinem Leben durch eine Jüngere!

Von der Presse gehetzt und gedemütigt, nimmt sie das Angebot ihrer besten Freundin an, über die Sommermonate auf ein hübsches Häuschen in Dänemark aufzupassen. Dort hofft sie, Ruhe und Frieden zu finden, um ihr Leben neu zu sortieren.

Leif ist Journalist aus Leidenschaft und träumt von einem Karrieresprung. Der Chefredakteur-Posten einer neuen Niederlassung ist zum Greifen nah. Alles, was ihm dazu fehlt, ist eine Knallerstory für sein Magazin. Deshalb kann er sein Glück kaum fassen, als er bei einem Besuch bei seiner Großmutter im kleinen Lillebrynd über die perfekte Gelegenheit stolpert. Eine gefallene Primaballerina, die pressescheu ist und selten Interviews gibt!

Aber dann lernen die beiden sich näher kennen und wenn Gefühle ins Spiel kommen, nimmt das Leben stets eine überraschende Wendung!

Begleite Lilly und Leif an den Strand von Lillebrynd und zu ihrem verdienten Happyend! Blaubeertörtchen, Strandkorbküsse und eine süße Fellnase inklusive!

Schmecke die salzige Luft, höre das Rauschen der Wellen und spüre den warmen Sand unter den Füßen, wenn du den beiden an die dänische Ostseeküste folgst!

Oder wie wäre es mit einer Auszeit in Cornwall?

„Liebesglück im kleinen Cottage am Meer“

Was macht man, wenn man seinen Job in der Windy City Chicago wegen noch windigerer Chefs verliert? Genau! Einen Urlaub in Cornwall! Das beschließt jedenfalls Sophie, nachdem das Schicksal ihr einen Aufenthalt in einem süßen Cottage am Meer ermöglicht.

Voller Vorfreude macht sie sich auf den Weg, nur um feststellen zu müssen, dass das Häuschen bereits vermietet ist! Und zwar an einen arroganten Franzosen, der so charmant wie ein drei Tage altes Baguette ist!

Lucien ist Pariser Spitzenkoch und braucht dringend eine Auszeit von allem. Die nimmt er sich in dem bezaubernden Dörfchen Galhill Bay in Cornwall. Dort findet er auch die himmlische Ruhe, nach der er sich gesehnt hat, bis plötzlich eine Amerikanerin in das Cottage geschneit kommt und darauf besteht, dass er sofort auszieht!

Bis eine Ersatzunterkunft für die versehentliche Doppelbuchung gefunden ist, müssen Sophie und Lucien sich allerdings mit der Situation arrangieren. Zwischen den beiden unfreiwilligen Hausgenossen fliegen ganz schön die Fetzen … aber ein Unwetter in den Lost Gardens of Heligan ändert alles.

Ist Lucien vielleicht doch so charmant, wie die Dorfbewohner behaupten?

Und ist Sophie vielleicht doch kein so unwillkommener Störenfried, wie Lucien anfangs dachte?

Begleite Sophie und Lucien auf ihrem Weg zum Happyend inmitten malerischer Landschaften und lerne die entzückenden Bewohner von Galhill Bay kennen – inklusive einer außergewöhnlichen Möwe!

„Liebesglück im kleinen Cottage am Meer“ – ein sommerliches Wohlfühlbuch, so locker und fluffig wie französische Macarons und so süß wie englische Scones mit Marmelade und Clotted Cream!

Printed by Amazon Italia Logistica S.r.l.
Torrazza Piemonte (TO), Italy

56265574R00159